NOTICE

DES TABLEAUX

DE LA

GALERIE ESPAGNOLE

EXPOSÉS

DANS LES SALLES DU MUSÉE ROYAL

AU LOUVRE.

PRIX : UN FRANC.

A PARIS,

DE L'IMPRIMERIE DE CRAPELET,

RUE DE VAUGIRARD, N. 9.

1838.

ÉCOLES ESPAGNOLES.

ALFARO Y GAMEZ (Don Juan), *né à Cordoue en* 1640*, mort à Madrid en* 1680. (École
de Cordoue.)

Antoine de Castillo fut son premier maître; mais il
se rendit ensuite à Madrid, où il étudia sous don
Diégo Velasquez de Silva, dont il a pris la manière
dans ses portraits. Il peignit aussi quelques tableaux
du Titien, de Rubens et de Van Dyck, et perfectionna
son coloris par l'étude de ces maîtres. Alfaro était
aussi poète.

1. Extase de saint Jérôme.

Saint Jérôme est assis sur un rocher dans le désert
de la Chalcide.

Haut. 1 m. 33 c. — *Larg.* 1 m. 28 c.

2. Répétition du tableau précédent.

Haut. 1 m. 74 c. — *Larg.* 1 m. 18 c.

ANTOLINEZ Y SARABIA (Don Francisco).

*On ne connaît pas le lieu de sa naissance. Mort
à Madrid en 1700. (École de Séville.)*

Destiné à la profession d'avocat, il vint l'exercer à
Séville, où il apprit la peinture à l'école de Murillo.
Le plus grand nombre des tableaux qu'il a laissés sont
tirés de la Bible.

3. Saint Jean baptisant le Christ.

« Or il arriva que Jésus vint de Nazareth, ville de
Galilée, et il fut baptisé par Jean au Jourdain. Et en
même temps qu'il sortoit de l'eau, Jean vit les cieux
se fendre, et le Saint-Esprit descendre sur lui sous la
forme d'une colombe. »

Haut. 1 m. 64 c. — Larg. 1 m. 05 c.

4. Assomption de la Vierge.

La mère de Dieu est glorifiée; elle s'élève vers les
cieux, portée sur des nuages, et bénie par la famille
des anges.

Haut. 1 m. 40 c. — Larg. 1 m. 04 c.

ARCO (Alfonso del), *né à Madrid en 1625,
mort dans cette ville en 1700.* (École de Castille.)

Il fut élève de Pereda. On le nomme communément
el Sordillo del Pereda. Il exécuta beaucoup de portraits et de décorations.

5. Portrait de don Manuel de Saint-Martin, secrétaire de N. S. dona Mariana de Neoburg, seconde femme de Charles II, roi d'Espagne.

Heut. 0 m. 92. — Larg. 0 m. 69 c.

AYALA (BARNABÉ DE), *né à Séville, on ne sait pas à quelle date, mort dans cette ville en* 1673. (École de Séville.)

Il fut élève de Francisco Zurbaran et un des fondateurs de l'académie de Séville en 1660.

6. Saint François d'Assises en prière. (Mi-corps.)

Saint François d'Assises, ainsi nommé de sa ville natale, naquit en 1182, dans l'Ombrie. Fils de Bernardon, riche négociant, il préféra la vie des hommes de Dieu à la profession de son père. Il fut un des saints les plus distingués par sa science et par sa piété, et fonda l'ordre si célèbre des Franciscains.

Haut. 1 m. 04 c. — Larg. 0 m. 83 c.

7. Saint François d'Assises en méditation. (Mi-corps.)

Haut. 1 m. 17 c. — Larg. 0 m. 88 c.

BOCANEGRA (Don PEDRO ATANASIO) , *né à Grenade, on ne sait pas à quelle époque, mort dans
cette ville en* 1688. (École de Grenade.)

Elève d'Alonso Cano ; il étudia aussi d'après Pedro
de Moya. Bocanegra fit quelques tableaux à Madrid
et fut nommé peintre du Roi en 1676, sous le règne de
Charles II. C'est à Grenade , et particulièrement dans
la cathédrale, que sont les principaux ouvrages de cet
artiste.

8. Le Jugement dernier. (Tableau signé.)

Haut. 2 m. 35 c. — *Larg.* 1 m. 60 c.

CAMILO (FRANCISCO), *né à Madrid, on ne sait pas
à quelle époque, mort dans cette ville en* 1671 ;
élève de Pedro de las Cuevas. (École de Castille.)

Il dut sa vocation au mariage de sa mère avec Pedro de las Cuevas, peintre d'histoire, qu'elle épousa
en secondes noces.

9. Adoration des Bergers. (Tableau signé.)

Haut. 1 m. 66 c. — *Larg.* 1 m. 21 c.

10. Un Martyr.

Haut. 2 m. 20 c. — *Larg.* 1 m. 06 c.

CANO (ALONSO), *peintre, sculpteur, architecte, né à Grenade en 1601, mort dans cette ville en 1667.* (École de Grenade.)

Il étudia d'abord l'architecture sous son père, Michel Cano; fut élève, pour la peinture, de Francisco Pacheco et de Juan del Castillo, et pour la sculpture, de Juan Martinez Montanez. On voit à Séville cinq grands maître-autels dont l'architecture, la sculpture et la peinture sont entièrement de cet artiste. Alonso Cano quitta Grenade en 1637 pour se rendre à Madrid, où il fit quelques ouvrages pour la décoration des palais royaux. Il peignit pour Cordoue, Madrid, Grenade, Séville, Tolède, etc. Ses élèves sont nombreux; on compte parmi les plus distingués Alonso de Mena, Michel-Jérôme de Cieza, Sébastien de Herrera Barnuevo, Pedro Atanasio Bocanegra, etc. Alonso Cano fut nommé peintre du Roi en 1663, sous le règne de Philippe IV.

11. L'Ane de Balaam.

Balaam se met en chemin dans le dessein de faire ce que Balac demandait de lui. Dieu se met en colère contre ce prophète. Un ange se présente devant lui tenant une épée nue à la main. L'âne de Balaam en est effrayé et s'arrête. Balaam le frappe fortement avec un bâton, et lui tout à coup lui reproche sa dureté.

Haut. 2 m. 04 c. — Larg. 3 m. 10 c.

12. David portant la tête de Goliath.

« David prit la tête de Goliath et la porta à Jérusalem, et mit les armes du Philistin dans sa tente. »

Haut. 1 m. 21 c. — Larg. 0 m. 92 c.

13. Saint Joachim, époux de sainte Anne et père de la Sainte-Vierge.

Haut. 1 m. 08 c. — Larg. 0 m. 38 c.

14. Sainte Anne, mère de la Sainte-Vierge.

Haut. 1 m. 08 c. — Larg. 0 m. 38 c.

15. La Sainte-Vierge et l'Enfant-Jésus.

Haut. 1 m. 10 c. — Larg. 0 m. 89 c.

16. Répétition du même sujet.

Haut. 1 m. 08 c. — Larg. 0 m. 80 c.

17. L'Enfant-Jésus endormi.

Haut. 0 m. 73 c. — Larg. 0 m. 89 c.

18. Descente de Croix.

Haut. 2 m. 10 c. — Larg. 1 m. 76 c.

19. Saint Jean-Baptiste.

Haut. 1 m. 32 c. — Larg. 0 m. 99 c.

20. Saint Jean-Baptiste. (Mi-corps.)

Haut. 1 m. 15 c. — Larg. 0 m. 94 c.

21. Sainte Madeleine.

Haut. 1 m. 69 c. — Larg. 1 m. 21 c.

22. Saint Pierre apôtre.

Haut. 2 m. 34 c. — Larg. 1 m. 08 c.

23. Saint Paul apôtre.

Haut. 2 m. 34 c. — Larg. 1 m. 08 c.

24. Sainte Thérèse percée d'une flèche.

Sainte Thérèse, une des femmes les plus célèbres de l'Espagne, est née à Avila, dans la Vieille-Castille, le 28 mars 1515. Elle mourut à Alvé à l'âge de soixante-sept ans, le 8 octobre 1582. Les manuscrits de ses ouvrages furent, par ordre de Philippe II, placés parmi les manuscrits les plus précieux de l'Escurial.

La flèche enflammée dont elle est percée est le symbole de l'amour divin qui la consume.

Haut. 1 m. 15 c. — Larg. 0 m. 54 c.

25. Sainte Thérèse en prière.

Haut. 1 m. 12 c. — Larg. 0 m. 46 c.

26. Sainte Thérèse recueillant un pauvre enfant malade.

Haut. 1 m. 12 c. — Larg. 0 m. 46 c.

27. Saint Louis.

Haut. 1 m. 15 c. — Larg. 0 m. 54 c.

28. Tête de Vieillard.

Haut. 0 m. 46 c. — Larg. 0 m. 38 c.

29. Portrait de don Pedro Calderon de la Barca.

Alonso Cano fit ce portrait pour son ami Calderon de la Barca, l'un des hommes les plus éminens du monde poétique et dramatique. Il était né en 1600. Il composa sa première œuvre de théâtre à l'âge de quatorze ans. En 1636, Philippe IV l'appela à la cour, le fit chevalier de Saint-Jacques, et lui donna la direction des spectacles et des solennités publiques. Philippe IV, passionné pour le théâtre, auteur lui-même de quelques pièces, fournissait à toutes les dépenses qu'exigeait la splendeur des représentations des œuvres de son poète favori. Cependant le chemin de la fortune n'avait pas toujours été aplani pour Calderon de la Barca : il avait long-temps suivi la carrière des armes comme simple soldat, faute de pouvoir se frayer une autre voie. En 1652, nommé chanoine de Tolède, il renonça au théâtre, et mourut en 1687, dans les sentimens de la plus profonde piété.

Haut. 0 m. 64 c. — *Larg.* 0 m. 48 c.

30. Portrait d'Alonso Cano dans sa jeunesse.

Haut. 0 m. 38 c. — *Larg.* 0 m. 32 c.

31. Portrait d'Alonso Cano à un âge avancé.

Haut. 0 m. 80 c. — *Larg.* 0 m. 60 c.

32. Portrait d'Alonso Cano au temps de sa vieillesse.

Haut. 0 m. 64 c. — *Larg.* 0 m. 40 c.

CARMONA. *On le croit né à Castellon de la Plana. Il florissoit vers le milieu du siècle dernier.* (École de Valence.)

33. Les Vierges folles.

1. — Alors le royaume des cieux sera semblable à

dix vierges qui, ayant pris leurs lampes, s'en allèrent au-devant de l'époux et de l'épouse.

2. — Il y en avait cinq d'entre elles qui étaient folles, et cinq qui étaient sages, etc., etc. (*S. Mathieu*, ch. **xxv**.)

Haut. 1 m. 38 c. — Larg. 1 m. 09 c.

34. Les Vierges sages.

Haut. 1 m. 38 c. — Larg. 1 m. 09 c.

CARRENO DE MIRANDA (Don Juan), *né à Aviles, dans les Asturies en 1614, mort à Madrid en 1685 ; élève de Pedro de las Cuevas et de Bartolomé Roman. (Ecole de Castille.)*

Il fit des travaux de peinture pour la décoration des palais royaux et fut nommé peintre du Roi en 1659, vers la fin du règne de Philippe IV. Il a fait un grand nombre de portraits, et principalement celui de Charles II. Cet artiste compte beaucoup d'élèves, parmi lesquels on distingue Mateo Cerezo, Juan Martin Cabezalero, José Donoso, Francisco Ignacio Ruiz de la Iglesia, José de Ledesma, Bartolomé Vicente, etc. On connaît de Carreno plusieurs gravures à l'eau-forte.

35. L'élévation.

Haut. 1 m. 03 c. — Larg. 0 m. 75 c.

36. Saint Bernard. (Mi-corps.)

Haut. 1 m. 32 c. — Larg. 1 m. 09 c.

37. Saint Jacques combattant avec les Espagnols contre les Maures.

Ramire, roi d'Oviédo, livre bataille à Abdérame II, pour le rachat du tribut des cent jeunes filles. La nuit sépare les combattans. Ramire s'endort épuisé de fatigue et d'inquiétude. Mais pendant son sommeil, il voit l'image de l'apôtre saint Jacques, qui relève son courage abattu, en lui promettant, au nom de Dieu, la victoire. Aussitôt Ramire se lève plein d'espérance et de joie, assemble ses prélats et ses officiers, raconte son songe, enflamme leur âme d'enthousiasme, range son armée en bataille, et fait sonner la charge. Soudain les Espagnols se figurent voir saint Jacques monté sur un cheval blanc, et tenant à la main un étendard également blanc, surmonté d'une croix rouge. Cette apparition redouble leur confiance; ils attaquent l'ennemi avec ardeur, et soixante mille Maures restent sur le champ de bataille. Depuis cette époque, le nom de saint Jacques est devenu le cri de guerre des Espagnols.

Haut. 2 m. 30 c. — Larg. 1 m. 66 c.

38. Portrait de Charles II enfant.

Haut. 1 m. 18 c. — Larg. 1 m. 10 c.

39. Portrait de Charles II.

Le fond du tableau représente les appartemens de l'Escurial avec leur décoration du temps de Philippe IV.

Haut. 2 *m.* 00 *c.* — *Larg.* 1 *m.* 41 *c.*

CARRENO DE MIRANDA (attribué à Don Juan).

40. Portrait d'homme.

Haut. 0 *m.* 78 *c.* — *Larg.* 0 *m.* 62 *c.*

CASTILLO (Agustino del), *né à Séville en 1565, mort à Cordoue en 1626; élève de Luis Fernandez.*

L'expression et la correction de ses figures lui acquirent une réputation méritée à Cordoue, où il vint s'établir. Il a laissé dans cette ville plusieurs peintures à fresque qui dénotent une grande habileté dans ce genre.

41. Saint François avec les stigmates.

Retiré, en 1224, au mont Alverne, dans un couvent de son ordre, saint François s'y livre aux plus dures austérités, et la veille de l'exaltation de la sainte croix, après un long jeûne, et une profonde contemplation, il reçoit dans une apparition l'impression des saints stigmates.

Haut. 1 *m.* 13 *c.* — *Larg.* 0 *m.* 95 *c.*

CASTILLO (Juan del), *né à Séville en* 1584, *mort à Cadix en* 1640. (Ecole de Séville.)

Elève de Luis Fernandez, il a fait à Cordoue plusieurs peintures à la fresque. Il fut le maître d'Alonso Cano, de Murillo et de Pedro de Moya.

42. David portant la tête de Goliath.

David, après avoir coupé la tête de Goliath avec l'épée du géant, la plaça à la pointe de cette épée et la porta à Jérusalem.

Haut. 1 *m.* 56 *c.* — *Larg.* 1 *m.* 05 *c.*

43. Assomption de la Vierge.

Haut. 2 *m.* 10 *c.* — *Larg.* 1 *m.* 49 *c.*

44. Saint Paul terrassé par la Grâce sur le chemin de Damas.

Haut. 1 *m.* 72 *c.* — *Larg.* 1 *m.* 10 *c.*

45. Saint Jérôme étudiant l'hébreu dans le désert de la Chalcide.

Haut. 1 *m.* 56 *c.* — *Larg.* 1 *m.* 16 *c.*

46. Saint Dominique et saint François aux pieds de la Vierge.

Haut. 1 *m.* 48 *c.* — *Larg.* 1 *m.* 13 *c.*

47. Un pape, saint Augustin et saint Dominique.

Haut. 0 m. 90 c. — Larg. 2 m. 20 c.

48. Un évêque, saint Jérôme et saint François.

Haut. 0 m. 90 c. — Larg. 2 m. 20 c.

49. Saint François avec le chapeau de cardinal. (Mi-corps.)

Haut. 0 m. 90 c. — Larg. 0 m. 60 c.

50. Saint François. (Mi-corps.)

Haut. 0 m. 90 c. — Larg. 0 m. 60 c.

CASTILLO Y SAAVEDRA (ANTONIO DEL.),
né à Cordoue en 1603, *mort dans cette ville en*
1667; *fils d'Agustin del Castillo.* (École de
Cordoue.)

D'abord élève de son père, il se rendit ensuite à
Séville, pour se perfectionner à l'école de Francisco
Zurbaran. Il a laissé un grand nombre de tableaux
à Cordoue, à Grenade et à Madrid.

51. Saint Pierre après sa faute.

Haut. 1 m. 82 c. — Larg. 1 m. 18 c.

52. Sainte Lucie.

Haut. 1 m. 76 c. — Larg. 0 m. 87 c.

53. Un Franciscain.

Haut. 1 m. 66 c. — Larg. 0 m. 87 c.

54. Un Dominicain martyr.

Haut. 1 m. 66 c. — Larg. 0 m. 87 c.

CAXES (EUGENIO), *né à Madrid en 1577, mort dans cette ville en 1642* (Ecole de Castille.)

Elève de son père, il fut chargé avec lui de l'exécution des peintures du Pardo. Eugénio Caxes fit un grand nombre de fresques. Il fut nommé, en 1612, peintre du Roi sous le règne de Philippe III.

55. Saint Ildefonse, évêque de Tolède.

Haut. 1 m. 65 c. — Larg. 1 m. 19 c.

CEREZO (MATTEO), *né à Burgos en 1635, mort à Madrid en 1685.* (Ecole de Castille.)

D'abord élève de son père, il étudia ensuite à Madrid sous Juan Carreno de Miranda, et fit quelques travaux à fresque avec Herrera le jeune. Les ouvrages de Cerezo se trouvent à Madrid, Valladolid, Burgos et Malaga.

56. Visite de saint Joachim à sainte Anne.

Haut. 0 m. 84 c. — Larg. 0 m. 66 c.

57. La Sainte-Vierge et saint Joseph en contemplation devant Jésus.

Haut. 0 m. 67 c. — Larg. 0 m. 51 c.

58. La Sainte-Vierge et l'Enfant-Jésus.

Haut. 1 m. 14 c. — Larg. 0 m. 80 c.

59. Saint Martin.

Haut. 0 m. 41 c. — Larg. 0 m. 31 c.

60. Saint Thomas de Villanueva faisant l'aumóne.

Saint Thomas de Villanueva célèbre par sa charité; dès sa plus tendre enfance, la bonté de son cœur ne connaissait pas de bornes. Un jour, touché de compassion à la vue d'enfans de son âge, misérablement couverts, il quitta ses vêtemens, et les leur donna.

Haut. 1 m. 56 c. — Larg. 0 m. 80 c.

CESPEDES (PABLO DE), *peintre, sculpteur, architecte, né à Cordoue en* 1538 , *mort dans cette ville en* 1608. (Ecole de Cordoue.)

Après avoir fait ses études à Cordoue il fut à Alcala de Henares, où il reçut les premiers principes de son art, il se rendit en Italie. Là, il s'occupa principalement de la peinture, et il fit à Rome quelques travaux qui lui acquirent une grande réputation. Nommé cha-

noine de Cordoue, en 1577, il retourna dans sa patrie,
où il a peint ses principaux ouvrages. Cespedes fut un
des plus savans artistes de l'Espagne; ou a de lui un
ouvrage remarquable sur l'antiquité de la cathédrale
de Cordoue, et des fragmens d'un poème sur la peinture.

61. Portrait de Cespedes.

Haut. 0 m. 54 c. — Larg. 0 m. 41 c.

CHAVARITO (DOMINICO), *né à Grenade en
1676, mort dans la même ville en 1750. (École
de Grenade.)*

Il fut élève de José Risueno, et étudia également
à Rome sous Benedito Letti.

62. Adoration des Rois.

Haut. 0 m. 43 c. — Larg. 0 m. 26 c.

CIEZA (VICENTE DE), *naquit à Grenade, on
ignore à quelle date, mort dans cette ville en
1701. (École de Séville.)*

Élève de son père, Michel de Cieza; il fut nommé
peintre du Roi, en 1692, sous le règne de Charles II.

63. Saint Ambroise, évêque de Milan.

Haut. 0 m. 90 c. — Larg. 2 m. 20 c.

COELLO (Claudio), *né à Madrid, on ne sait pas à quelle date, mort en cette ville en 1693.* (École de Castille.)

Elève de Rizi, il se perfectionna en étudiant les tableaux du Titien, de Rubens et de Van Dyck placés dans les palais royaux. Il fit quelques travaux de peinture à fresque avec José Donoso et avec Francisco de Solis. Il peignit seul à Sarragosse, en 1683, la coupole du couvent des Augustins, fut successivement peintre du Roi, peintre de la chambre et peintre de l'église du chapitre de Tolède. Après la mort de son maître Rizi, il termina un tableau que cet artiste avait commencé pour le maître-autel de la sacristie de l'Escurial, et fut ensuite chargé de travaux considérables pour ce palais.

64. Apparition de l'Enfant-Jésus à saint François.

Haut. 2 m. 18 c. — Larg. 1 m. 92 c.

COELLO (Alonso Sanchez), *né à Benifayro, royaume de Valence, au commencement du* XVIe *siècle, mort à Madrid en 1590.* (École de Castille.)

Il avait étudié la peinture en Italie et vint en 1541 à Madrid, où il peignit plusieurs tableaux pour l'Escurial et les palais royaux. Pantoja de la Cruz fut un de ses élèves. Plusieurs ouvrages de cet artiste ont péri dans l'incendie du palais du Pardo et du château de Madrid.

65. Portrait de la princesse Jeanne d'Autriche, fille de Charles-Quint.

Haut. 0 m. 94 c. — Larg. 0 m. 78 c.

66. Répétition du portrait précédent.

Haut. 0 m. 82 c. — Larg. 0 m. 67 c.

67. Portrait de la princesse Marie d'Autriche, fille de Charles-Quint.

Haut. 1 m. 00 c. — Larg. 0 m. 78 c.

68. Portrait de madame Marguerite, gouvernante de Flandre, fille de Charles-Quint, mariée à Alexandre Farnèse, duc de Parme.

Haut. 0 m. 78 c. — Larg. 0 m. 64 c.

69. Portrait de don Juan d'Autriche, fils naturel de Charles-Quint.

Haut. 0 m. 97 c. — Larg. 0 m. 79 c.

70. Portrait de Rodolphe, prince de Hongrie, fils de Maximilien II, empereur d'Allemagne, et de dona Maria d'Autriche, fille de Charles-Quint, frère de la reine dona Anna d'Autriche, nièce et quatrième femme de Philippe II, roi d'Espagne.

Haut. 0 m. 92 c. — Larg. 0 m. 78 c.

71. Portrait d'Ernest, deuxième prince de Hongrie, frère du prince Rodolphe.

Haut. 1 m. 00 c. — Larg. 0 m. 78 c.

72. Portrait de l'infant Fernando, fils de Philippe II, roi d'Espagne, avec un jouet. (Tableau signé : ALFUNSUS SANCIUS *fecit* 1577.)

Haut. 1 m. 10 c. — Larg. 0 m. 86 c.

73. Portrait de Wenceslas, frère de l'empereur Maximilien II.

Haut. 1 m. 00 c. — Larg. 0 m. 73 c.

COELLO (ALONSO SANCHEZ) (École de).

74. Virginie Centurioni.

Haut. 1 m. 94 c. — Larg. 1 m. 10 c.

COLLANTES (FRANCISCO), *né à Madrid en* 1599, *mort dans cette ville en* 1656. (École de Castille.)

Elève de Vicencio Carducho, il s'attacha principalement à peindre le paysage ; on connaît cependant de cet artiste quelques tableaux de figures.

75. Pénitence de saint Jérôme.

Haut. 1 m. 56 c. — Larg. 1 m. 18 c.

CONCA. *On sait seulement qu'il est né à Valence, et qu'il florissait vers la fin du siècle dernier.* (École de Valence.)

76. Figure d'étude.

Haut. 0 m. 60 c. — *Larg.* 0 m. 41 c.

77. Autre figure d'étude.

Haut. 0 m. 60 c. — *Larg.* 0 m. 41 c.

CORDOVA (Pedro de). *On sait seulement qu'il florissait en 1520.* (École de Cordoue.)

La cathédrale de Cordoue possède de ce maître un petit retable gothique avec un tableau sur bois, signé, qui représente l'annonciation.

78. La flagellation.

Haut. 1 m. 72 c. — *Larg.* 0 m. 73 c.

79. Mort de saint Jérôme.

Haut. 1 m. 32 c. — *Larg.* 0 m. 89 c.

CORREA. *On ignore l'époque de sa naissance et celle de sa mort ; on sait seulement qu'il vivaït en* 1550. (Ecole de Castille.)

Il a fait les peintures du maître-autel de l'église du couvent de Val-de-Iglésias, qui sont signées : *D. Correa fecit* 1550. Dans ce même canton, plusieurs églises possédaient aussi de ses tableaux.

80. Visite de saint Joachim à sainte Anne.

Haut. 0 m. 86 c. — Larg. 0 m. 70 c.

81. Saint Jean-Baptiste et la Sainte-Vierge au pied de la croix.

Haut. 0 m. 86 c. — Larg. 0 m. 70 c.

82. La résurrection.

Haut. 0 m. 49 c. — Larg. 0 m. 79 c.

83. Saint Jean-Baptiste et saint Sébastien.

Haut. 0 m. 41 c. — Larg. 0 m. 60 c.

84. Sainte Lucie et sainte Catherine.

Haut. 0 m. 41 c. — Larg. 0 m. 60 c.

ESPINOSA (Jacinto Jeronimo de), *né à Cocen-tayna, royaume de Valence, en* 1600, *mort à Valence en* 1680. (École de Valence.)

D'abord élève de son père, il le fut ensuite de Francisco Nicolo Borras, et de Francisco Ribalta.

85. L'ange et Tobie.

Tobie est envoyé à Ragés, chez Gabélus, afin de retirer dix talens que son père lui avait prêtés. Un ange se présente à lui et lui sert de guide.

Haut. 1 m. 40 c. — *Larg.* 1 m. 84 c.

86. La Sainte-Famille.

Haut. 2 m. 15 c. — *Larg.* 1 m. 51 c.

87. Jésus portant sa croix.

Haut. 1 m. 56 c. — *Larg.* 1 m. 16 c.

88. Le Christ traîné par les bourreaux sur la Voie Douloureuse , et entouré des saintes femmes.

Haut. 2 m. 20 c. — *Larg.* 1 m. 40 c.

89. Apparition de la Sainte-Vierge et de l'Enfant-Jésus à saint François.

Haut. 2 m. 02 c. — *Larg.* 1 m. 16 c.

90. Saint François en prière. (Mi-corps.)

Haut. 0 m. 81 c. — Larg. 0 m. 89 c.

91. Deux Dominicains.

Haut. 1 m. 75 c. — Larg. 1 m. 13 c.

92. Un martyr.

Haut. 0 m. 84 c. — Larg. 0 m. 70 c.

GASULL (Agustin). *On ne sait ni le lieu ni la date de sa naissance.* (Ecole de Valence.)

Il étudia à Rome avec Carlo Marate, revint en Espagne, et mourut à Valence au commencement du xviie siècle.

Il a laissé plusieurs ouvrages remarquables dans les principaux couvens et dans plusieurs paroisses de Valence.

93. Jésus apparaît aux saintes femmes.

Haut. 0 m. 00 c. — Larg. 0 m. 00 c.

GOMEZ (Juan). *On ne sait ni le lieu ni la date de sa naissance. Il est mort en* 1597, *on ignore dans quelle ville.* (École de Castille.)

Il fut nommé peintre du Roi en 1593, sous le règne de Philippe II.

94. Méditation de saint Jérôme.

Haut. 1 m. 56 c. — Larg. 1 m. 10 c.

GOMEZ (Sébastian). *On sait seulement qu'il naquit à Grenade, et qu'il fut élève d'Alonso Cano.* (École de Grenade.)

95. Saint Jérôme étudiant l'hébreu dans le désert de la Chalcide.

Haut. 1 m. 43 c. — Larg. 1 m. 05 c.

GOMEZ DE VALENCIA (Francisco), *né à Grenade, mort à Mexico vers le milieu du* XVIIIe *siècle; fils et disciple de Felipe Gomez de Valencia.* (École de Grenade.)

96. Saint Jérôme en prière.

Haut. 1 m. 94 c. — Larg. 1 m. 40 c.

GOYA (Don Francisco), *né à Fuentelodos, royaume d'Aragon.* (Ecole de Castille.)

Élève de José Luzan, il fut nommé peintre du Roi en 1780, sous le règne de Charles III. Il a laissé en Espagne un grand nombre d'ouvrages qui y sont très recherchés. On cite surtout les tableaux représentant sainte Rufine et sainte Marine, patrones de Séville, qui sont dans la sacristie de la cathédrale de cette ville ; saint Louis de Borgia faisant ses adieux au monde, et un Possédé, qu'il a fait pour la cathédrale de Valence. Il a également peint à fresque, hors des murs de Madrid, la petite chapelle de *San Antonio de la Florida*. Il a gravé à l'eau-forte plusieurs tableaux de Velazquez, et à l'*Aqua-Tinta* un recueil de scènes satiriques.

97. Un enterrement.

Haut. 0 m. 47 c. — Larg. 0 m. 59 c.

98. Dernière prière d'un condamné. *Reo en Capilla*.

Haut. 0 m. 52 c. — Larg. 0 m. 41 c.

99. *Manolas* au balcon. (Femmes de Madrid.)

Haut. 1 m. 61 c. — Larg. 1 m. 05 c.

100. Femmes de Madrid en costume de *Majas*.

Haut. 1 m. 61 c. — Larg. 1 m. 05 c.

101. Forgerons.

Haut. 1 m. 61 c. — Larg. 1 m. 05 c.

102. Lazarille de Tormes.

Haut. 1 m. 61 c. — Larg. 1 m. 05 c.

103. Portrait de la duchesse d'Albe.

La signature de Goya est au pied de la duchesse.

Haut. 2 m. 05 c. — Larg. 1 m. 37 c.

104. Le portrait de Goya.

Haut. 0 m. 59 c. — Larg. 0 m. 47 c.

HERRERA (FRANCISCO), *surnommé* EL VIEJO, *né à Séville en* 1576, *mort à Madrid en* 1656. (Ecole de Séville.)

Il fut élève de Luis Fernandez, et fit un grand nombre d'ouvrages à fresque. *Le Jugement universel*, qu'il a peint pour l'église de Saint-Bernard de Séville, est célèbre dans toute l'Espagne.

105. Le miracle des cailles au désert.

Le peuple de Dieu ayant murmuré dans le désert contre Moïse, parce qu'il n'avait pas de quoi manger, Moïse s'adressa à Dieu, qui lui annonça que le lendemain il enverrait aux Hébreux la nourriture de la journée. En effet, vers le matin, une nuée de cailles obscurcit le jour et tomba dans le camp, couvrant la terre.

Haut. 2 m. 30 c. — Larg. 1 m. 66 c.

106. Job sur le fumier.

Job, dépouillé de toutes ses richesses, abandonné de ses amis, méprisé de sa femme, s'humilie devant la puissance et la justice de Dieu, et attend tout de sa miséricorde.

Haut. 1 m. 45 c. — Larg. 2 m. 15 c.

107. La nativité.

Jésus vient de naître dans l'étable d'une hôtellerie de Bethléem. Saint Joseph contemple l'Enfant-Dieu que la Vierge-Marie, sa mère, enveloppe de langes

Haut. 1 m. 45 c. — Larg. 2 m. 15 c.

108. Jésus sur la voie douloureuse.

Haut. 1 m. 12 c. — Larg. 1 m. 70 c.

109. Une famille noble de Séville, enfermée dans une prison, implore la protection de sainte Catherine. La sainte, dans le costume des dames du temps, vient lui annoncer sa délivrance.

Haut. 2 m. 40 c. — Larg. 1 m. 90 c.

110. Saint Pierre en costume pontifical.

Haut. 1 m. 80 c. — Larg. 1 m. 22 c.

111. Un religieux de l'ordre de Saint-Augustin, martyr.

Haut. 1 m. 05 c. — Larg. 0 m. 80 c.

112. Trois têtes de vieillards.

Haut. 1 m. 07 c. — Larg. 0 m. 85 c.

113. Saint Isidore, évêque de Séville.

Haut. 1 m. 30 c. — Larg. 0 m. 94 c.

114. Saint Léandre, évêque de Séville.

Haut. 1 m. 30 c. — Larg. 0 m. 94 c.

115. Deux pauvres.

Haut. 0 m. 43 c. — Larg. 0 m. 36 c.

116. Ruines romaines dans un pays agreste.

Haut. 1 m. 10 c. — Larg. 0 m. 89 c.

117. Paysage enrichi de fabriques. Des bœufs passent un gué.

Haut. 1 m. 10 c. — Larg. 0 m. 89 c.

HERRERA (Francisco) el mozo, *né à Séville en 1622, mort à Madrid en 1685.* (École de Séville.)

Il étudia d'abord sous son père; mais il se rendit ensuite à Rome, où il s'adonna spécialement à l'architecture et à la perspective, afin de pouvoir peindre à la fresque.

118. L'Archange Raphaël.

Haut. 1 m. 96 c. — Larg. 1 m. 10 c.

119. L'Ange Gardien.

Haut. 1 m. 96 c. — Larg. 1 m. 10 c.

HISPANO (Le frère Marc). *Mort à Madrid en 1679.* (École de Castille.)

Il était moine de l'ordre de Saint-Augustin. Il a laissé beaucoup de tableaux dans son couvent de Saint-Philippe-le-Royal, à Madrid.

120. Une tête de religieux.

Haut. 0 m. 50 c. — Larg. 0 m. 42 c.

IRIARTE (IGNACIO), *né à Azcoitia, province de Guipuscoa, en 1620, mort à Séville en 1685.* (Ecole de Séville.)

Il avait déjà cultivé la peinture, lorsqu'il vint à Séville, à l'âge de vingt-deux ans, où il étudia dans l'école de Herrera le Vieux. Il s'occupa principalement à peindre le paysage et entreprit plusieurs ouvrages dont Murillo fit les figures. Iriarte fut le premier secrétaire de l'académie de peinture de Séville, qu'il avait contribué à fonder, en 1660.

121. Paysage. Échelle de Jacob.

« Alors il vit en songe une échelle, dont le pied était appuyé sur la terre, et le haut touchait au ciel ; et des anges de Dieu montaient et descendaient le long de l'échelle. (*Genèse*, ch. XXVIII.)

Haut. 0 m. 38 c. — *Larg.* 0 m. 60 c.

122. Fleurs et fruits.

Haut. 0 m. 97 c. — *Larg.* 0 m. 76 c.

JOANES (VICENTE), *dit* JUAN DE JOANES, *né à la Fuente de la Higuera en 1523, mort à Bocairente en 1579.* (Ecole de Valence.)

On ne dit pas où il fit ses premières études, mais on sait qu'il voyagea en Italie. Il est le fondateur de l'école de Valence. Il mourut lorsqu'il terminait à Bocairente le grand tableau du maître-autel de la cathédrale. Madrid, Valence, Ségorbe, possèdent un grand nombre de ses ouvrages.

123. Dieu le père et le Christ.

Haut. 1 m. 16 c. — Larg. 0 m. 86 c.

124. La résurrection. Deux anges soutiennent le Christ.

Haut. 1 m. 08 c. — Larg. 0 m. 81 c.

125. La Madeleine et la religion.

Haut. 0 m. 49 c. — Larg. 0 m. 57 c.

126. Saint Jérôme et saint François.

Haut. 0 m. 49 c. — Larg. 0 m. 57 c.

127. Le Christ en méditation devant les instrumens de son supplice.

Haut. 0 m. 80 c. — Larg. 0 m. 46 c.

128. Tête de moine.

Haut. 0 m. 46 c. — Larg. 0 m. 35 c.

JOANES (Ecole de VICENTE).

129. Saint Jérôme au désert.

Haut. 0 m. 25 c. — Larg. 0 m. 19 c.

JOANES (Juan Vicente). *On sait seulement qu'il vivait en 1606.* (Ecole de Valence.)

Il était fils de Vicente Joannes, dont il fut l'élève et l'imitateur.

130. La flagellation et le repentir de saint Pierre.

Haut. 0 m. 68 c. — Larg. 0 m. 52 c.

LEONARDO (José), *né en Catalogne en 1616, mort à Sarragosse en 1656.* (Ecole de Castille.)

Élève de Pedro de las Cuevas, il apprit son art en copiant les ouvrages des grands maîtres de son temps. On sait qu'il fut nommé peintre du Roi, mais on ignore la date de sa nomination.

131. Saint Jean précurseur. (Tableau signé : *depingebat Josephus Leonardus.*)

Haut. 1 m. 91 c. — Larg. 1 m. 16 c.

MARCH (Esteban), *né à Valence à la fin du* xvie *siècle, mort dans cette ville en 1660.* (Ecole de Valence.)

Élève de Pedro Orrente, il s'appliqua principalement à peindre des tableaux de batailles. Il fut le maître de Seuen Vila, de Michel March, son fils, et de Juan de Conchillos.

132. Le passage de la mer Rouge.

Haut. 1 m. 06 c. — Larg. 2 m. 13 c.

MAZO MARTINEZ (JUAN BAUTISTA DEL), *né à Madrid, mort en 1687. (Ecole de Castille.)*

Paysagiste, peintre de genre et de portraits; il fut élève de Vélazquez. Ses ouvrages ont une grande ressemblance avec ceux de son maître, qu'il était parvenu à imiter avec une rare perfection. Mazo Martinez, qui avait épousé la fille de Vélazquez, fut nommé, à la mort de son beau-père, en avril 1661, peintre du Roi, sous le règne de Philippe IV. On cite, parmi ses ouvrages, ceux qui décorent la salle des Gardes à Aranjuez, ceux qui sont à Pampelune, et surtout la collection de paysages qui se trouvaient à Sarragosse, et qui sont aujourd'hui rassemblés dans le musée de Madrid.

133. Portrait de Charles II, cité par Palomino dans la vie de Mazo Martinez.

Haut. 1 m. 18 c. — Larg. 1 m. 09 c.

MENENDEZ (Don Francisco Antonio), *né à Oviedo en 1682, mort à Madrid, on ne sait pas à quelle date.* (École de Castille.)

Menendez fut le premier qui ait eu la pensée de l'établissement, à Madrid, d'une académie de peinture, de sculpture et d'architecture. Il fut directeur d'une école fondée à sa demande, et qui servit de modèle à celle de San-Fernando. Philippe V le nomma son peintre et lui commanda son portrait ainsi que celui de la reine.

134. Portrait de Philippe V.

Haut. 1 *m.* 03 *c.* — *Larg.* 0 *m.* 81 *c.*

135. Portrait de dona Maria Luisa de Savoie, première femme de Philippe V.

Haut. 0 *m.* 65 *c.* — *Larg.* 0 *m.* 46 *c.*

MENENDEZ (Don Miguel Jacinto), *né à Madrid en 1679; on ne sait ni le lieu ni la date de sa mort.* (École de Castille.)

Il apprit la peinture à Madrid. A la mort de Manuel de Castro, il fut nommé peintre du Roi, en 1712, sous Philippe V. Il fit pour les Carmes déchaussés de Madrid deux tableaux dont les sujets sont pris dans la vie du prophète Élie; pour les Récollets, une Madeleine, et pour Saint-Gilles un des apôtres.

136. Portrait de dona Isabel Farnesia, deuxième femme de Philippe V.

Haut. 1 m. 03 c. — Larg. 0 m. 81 c.

MENESES OSORIO (Francisco). *On ne connaît ni le lieu ni la date de sa naissance ; il mourut à Séville au commencement du* xviiie *siècle.* (École de Séville.)

Il étudia dans l'école de Murillo, et fut celui de ses élèves qui imita le mieux sa manière. Lié d'une étroite amitié avec Jean Garzon, il travailla concurremment avec cet artiste. Meneses, un des fondateurs de l'académie de Séville, en fut majordome depuis l'année 1666 jusqu'en 1673.

137. Saint Ildefonse.

Haut. 2 m. 35 c. — Larg. 2 m. 12 c.

MIRANDA (Rodriguez de). *On sait seulement qu'il vivait dans le* xviiie *siècle.* (École de Castille.)

138. Le Sauveur.

Haut. 1 m. 12 c. — Larg. 0 m. 94 c.

MORALÈS (Luis de), *surnommé* le Divin, *né à Badajoz en 1509, mort dans cette ville en 1586.* (Ecole de Castille.)

Élève de Pietro Campana. Morales ne peignit jamais que des sujets représentant la Sainte-Famille; c'est ce qui l'a fait surnommer *le Divin*.

139. Portement de croix.
Haut. 0 m. 60 c. — Larg. 0 m. 49 c.

140. *L'Ecce Homo.*
Haut. 0 m. 65 c. — Larg. 0 m. 49 c.

141. La Sainte-Vierge soutenant le Christ mort.
Haut. 0 m. 81 c. — Larg. 0 m. 62 c.

MORALÈS (Ecole de Luis de).

142. La Sainte-Vierge soutenant le Christ mort.
Haut. 1 m. 34 c. — Larg. 1 m. 03 c.

MORENO (José), *né à Burgos en 1642, mort dans cette ville en 1668.* (Ecole de Castille.)

Il fut élève de Francisco de Solis.

143. La Sainte-Famille. Ce tableau est signé : *José Moreno,* 1667.
Haut. 1 m. 21 c. — Larg. 1 m. 59 c.

MOYA (PEDRO DE), *né à Grenade en 1610, mort dans cette ville en 1666.* (Ecole de Séville.)

Il étudia la peinture à Séville dans l'école de Juan del Castillo. Entraîné par la passion des voyages, il s'engagea comme soldat dans une compagnie qui allait en Flandre, où il étudia les ouvrages de Van Dyck. Moya se rendit ensuite près de ce maître, et fut admis à l'instant au nombre de ses élèves. Van Dyck étant mort au bout de six mois, Pedro de Moya retourna à Séville.

144. Adoration des bergers.

Haut. 1 m. 40 c. — Larg. 1 m. 94 c.

145. Saint Sébastien. (Mi-corps.)

Haut. 1 m. 24 c. — Larg. 0 m. 96 c.

MURILLO (BARTOLOMÉ ESTEBAN), *né à Séville en 1618, mort dans cette ville en 1682 ; élève de Juan del Castillo et de Velazquez.* (Ecole de Séville.)

Il étudia d'abord à Séville, à l'école de Juan del Castillo, et ensuite à Madrid sous Velazquez. Après trois ans d'absence, il revint dans sa patrie à Séville en 1645, où il fonda son école. On distingue au nombre de ses élèves Antolinez, Villavicencio, Tobar, Meneses Osorio, etc.

146. Jacob mettant des branches dans la fontaine.

« Jacob prit des baguettes vertes de peuplier, de noisetier et de châtaignier; il y fit des raies blanches, en enlevant l'écorce; il plaça ces baguettes dans les canaux où les brebis venaient boire. »

Haut. 1 m. 68 c. — Larg. 2 m. 26 c.

147. L'annonciation.

L'ange Gabriel annonce à la Vierge Marie que Dieu l'a choisie pour porter dans son sein le Sauveur du monde.

Haut. 0 m. 35 c. — Larg. 0 m. 47 c.

148. La conception.

Haut. 2 m. 07 c. — Larg. 1 m. 24 c.

149. Même sujet composé différemment.

Haut. 0 m. 46 c. — Larg. 0 m. 35 c.

150. La nativité.

Haut. 0 m. 59 c. — Larg. 0 m. 80 c.

151. La Vierge Marie et l'Enfant-Jésus.

Haut. 0 *m.* 80 *c.* — *Larg.* 0 *m.* 59 *c.*

152. Saint Joseph et l'Enfant-Jésus.

Haut. 1 *m.* 56 *c.* — *Larg.* 0 *m.* 97 *c.*

153. Répétition du tableau précédent.

Haut. 0 *m.* 95 *c.* — *Larg.* 0 *m.* 81 *c.*

154. Même sujet.

Haut. 0 *m.* 22 *c.* — *Larg.* 0 *m.* 17 *c.*

155. Sommeil de l'Enfant-Jésus sur une croix.

Haut. 0 *m.* 27 *c.* — *Larg.* 0 *m.* 33 *c.*

156. La Vierge à la ceinture.

Haut. 1 *m.* 37 *c.* — *Larg.* 1 *m.* 12 *c.*

157. Saint Jean précurseur.

Haut. 2 *m.* 50 *c.* — *Larg.* 1 *m.* 72 *c.*

158. Le Christ et saint Jean-Baptiste aux bords du Jourdain.

Haut. 2 *m.* 68 *c.* — *Larg.* 1 *m.* 80 *c.*

159. La Madeleine.

Haut. 1 m. 48 c. — Larg. 1 m. 04 c.

160. La Reine des anges.

Haut. 0 m. 86 c. — Larg. 0 m. 81 c.

161. Le Sauveur.

Haut. 1 m. 06 c. — Larg. 0 m. 79 c.

162. L'*Ecce Homo.*

Haut. 0 m. 60 c. — Larg. 0 m. 48 c.

163. Le Christ avec la couronne d'épines.

Haut. 0 m. 84 c. — Larg. 0 m. 76 c.

164. Repentir de saint Pierre.

Haut. 1 m. 65 c. — Larg. 1 m. 11 c.

165. Tête de saint Pierre.

Haut. 0 m. 78 c. — Larg. 0 m. 60 c.

166. Saint François en prière.

Haut. 1 m. 70 c. — Larg. 1 m. 12 c.

167. Saint François reçoit le Christ dans ses bras.

Haut. 0 m. 27 c. — Larg. 0 m. 19 c.

168. Saint François portant la croix.

Haut. 1 m. 75 c. — Larg. 1 m. 07 c.

169. Saint Augustin à Hippone.

Saint Augustin, étant en Afrique, se promenait un jour sur les bords de la mer, et méditait sur les mystères de la religion chrétienne. Il vit un enfant qui, après avoir creusé un trou dans le sable, y apportait, avec une coquille, de l'eau du rivage; et comme il lui demanda ce qu'il prétendait faire, l'enfant lui répondit qu'il voulait apporter dans ce trou toute l'eau de la mer. Saint Augustin lui fit observer que c'était impossible. Alors l'enfant répondit à saint Augustin : « Il me sera plus facile de mettre dans ce trou que j'ai creusé, toute l'eau de la mer, qu'à vous d'expliquer le mystère de la Sainte-Trinité, qui dans ce moment est le sujet de vos méditations. »

Haut. 1 m. 80 c. — Larg. 1 m. 35 c.

170. Saint Antoine de Padoue et l'Enfant-Jésus.

Haut. 1 m. 14 c. — Larg. 0 m. 89 c.

171. Saint Thomas de Villanueva.

Haut. 1 m. 30 c. — Larg. 1 m. 76 c.

172. Saint Bonaventure écrivant ses Mémoires après sa mort.

Suivant une légende répandue dans toute l'Espagne, saint Bonaventure fut surpris par la mort avant d'avoir eu le temps d'achever ses Mémoires. Mais il obtint de Dieu de revenir au monde pendant trois jours pour terminer cet ouvrage.

Haut. 1 m. 82 c. — Larg. 1 m. 08 c.

173. Saint Félix de Cantalicio.

Haut. 2 m. 06 c. — Larg. 2 m. 06 c.

174. Sainte Catherine.

Haut. 1 m. 60 c. — Larg. 1 m. 12 c.

175. Mort de sainte Claire.

Haut. 0 m. 33 c. — Larg. 0 m. 66 c.

176. Saint Rodrigue.

Haut. 2 m. 05 c. — Larg. 1 m. 21 c.

177. Saint Diego d'Alcala.

Haut. 1 m. 00 c. — Larg. 0 m. 78 c.

178. L'enfant prodigue.

Haut. 0 m. 57 c. — Larg. 1 m. 03 c.

179. Jeune homme jouant de la harpe.

Haut. 0 m. 43 c. — Larg. 0 m. 57 c.

180. La servante de Murillo.

Haut. 0 m. 73 c. — Larg. 0 m. 57 c.

181. Paysage.

Haut. 1 m. 08 c. — Larg. 1 m. 87 c.

182. Portrait en pied de don Andreas de Andrade.

Haut. 1 m. 98 c. — Larg. 1 m. 16 c.

183. Portrait de Murillo.

Haut. 1 m. 08 c. — Larg. 0 m. 76 c.

MURILLO (Bartolomé Esteban) Ecole de.

184. Des moines, agenouillés en cercle, écoutent les exhortations d'un autre moine.

Haut. 1 m. 14 c. — Larg. 2 m. 22 c.

185. Le portrait de Murillo dans un âge avancé.

Haut. 0 m. 43 c. — Larg. 0 m. 33 c.

186. Un père de l'Église écrivant sous l'inspiration du Saint-Esprit.

Haut. 1 m. 24 c. — Larg. 1 m. 03 c.

NAVARETTO (JUAN FERNANDEZ), *surnommé* EL MUDO, *né à Logrono en* 1526, *mort à Tolède en* 1579. (Ecole de Castille.)

Navaretto ne fut ni sourd ni muet comme quelques écrivains l'ont dit. De bonne heure, il manifesta sa vocation pour la peinture; tout ce qu'il voyait, il le dessinait sur les murs avec du charbon. Conduit dans un couvent par son père, il y reçut les premiers élémens de son art d'un religieux nommé Vicente. Ses progrès furent si rapides, que ce religieux engagea son père à l'envoyer en Italie. Navaretto vit Rome, Naples, Florence, et Venise où il étudia à l'école du Titien. De retour à Madrid, il travailla en 1571 aux peintures de l'Escurial. Il fut nommé peintre du Roi en 1568, sous le règne de Philippe II.

3

187. La flagellation.

Haut. 1 m. 95 c. — Larg. 1 m. 60 c.

ORRENTE (PEDRO), *né à Montealegre, royaume de Murcie, vers le milieu du xvie siècle, mort à Tolède en 1644. (Ecole de Valence.)*

On présume qu'il étudia sous le Greco à Tolède, où il peignit plusieurs ouvrages. Il fut enterré à la paroisse de San Bartolomé, où repose également le Greco.

188. Jacob lève la pierre pour faire abreuver les troupeaux.

Jacob voit Rachel fille de Laban s'approcher avec ses troupeaux, du puits où elle a coutume de les abreuver. Aussitôt Jacob lève la pierre qui en ferme l'ouverture,

Haut. 1 m. 71 c. — Larg. 2 m. 11 c.

189. Saint Jean précurseur.

Haut. 0 m. 62 c. — Larg. 0 m. 51 c.

190. Noces de Cana.

Jésus étant aux noces de Cana en Galilée avec sa mère et ses disciples, et le vin étant venu à manquer, il fit remplir six grands vases d'eau, et changea cette eau en vin.

Haut. 1 m. 00 c. — Larg. 1 m. 44 c.

191. Jésus au jardin des Oliviers.

Au sortir du banquet que Jésus fit avec ses apôtres, la veille de la Passion, il se retira dans le jardin de la montagne des Oliviers, et s'offrit en sacrifice à son père.

Haut. 1 m. 69 c. — Larg. 2 m. 42 c.

192. Le Christ en croix.

Haut. 0 m. 87 c. — Larg. 0 m. 54 c.

193. Un évangéliste.

Haut. 1 m. 00 c. — Larg. 0 m. 76 c.

194. Un franciscain en prière.

Haut. 1 m. 03 c. — Larg. 0 m. 81 c.

195. Le portrait d'Orrente.

Haut. 0 m. 46 c. — Larg. 0 m. 36 c.

PACHECO (Francisco), *peintre et écrivain, né à Séville en 1571, mort dans cette ville en 1654.* (Ecole de Séville.)

Élève de Luis Fernandez; il n'est pas moins remarquable par les qualités de ses poésies que par la correction de sa peinture. On a de lui un traité de son art. Pacheco fut le maître de Vélazquez.

196. Sainte-Famille.

Haut. 1 m. 85 c. — Larg. 1 m. 20 c.

197. La Sainte-Vierge et l'Enfant-Jésus.

Haut. 1 m. 03 c. — Larg. 0 m. 81 c.

198. Le portrait de Pacheco.

Haut. 1 m. 00 c. — Larg. 0 m. 84 c.

PALOMINO Y VELASCO (ACISCLO ANTONIO), *né à Bujalancé en* 1653, *mort à Madrid en* 1726; *élève de Valdès Leal.* (Ecole de Castille.)

Palomino étudia à l'université de Cordoue la grammaire, la philosophie, la théologie et la jurisprudence Il reçut les ordres, et consacra aussi une partie de son temps aux lettres. Il a laissé plusieurs ouvrages, parmi lesquels on remarque l'une des meilleures histoires de la peinture espagnole.

199. Sainte Anne.

Haut. 1 m. 08 c. — Larg. 0 m. 67 c.

200. Un franciscain.

Haut. 0 m. 65 c. — Larg. 0 m. 47 c.

PANTOJA DE LA CRUZ (JUAN), *né à Madrid en* 1551, *mort dans cette ville en* 1610. (Ecole de Castille.)

Il avait étudié la peinture dans l'école d'Alonso Sanchez Coello, et fut nommé peintre du Roi sous le règne de Philippe II.

201. Portrait d'un gentilhomme de la cour de Philippe III.

Haut. 1 m. 29 c. — Larg. 0 m. 95 c.

202. Portrait d'une dame de la cour de Philippe III.

Haut. 0 m. 43 c. — Larg. 0 m. 33 c.

PANTOJA DE LA CRUZ (Ecole de JUAN).

203. Portrait d'une princesse. (Mi-corps.)

Haut. 0 m. 68 c. — Larg. 0 m. 54 c.

PAREJA (JUAN DE), *né à Séville en* 1606, *mort à Madrid en* 1670; *élève de Velazquez.* (École de Castille.)

Pareja, né de parens esclaves, fut acheté par Velazquez, qu'il servit jusqu'à sa mort. Il suivit son maître dans les deux voyages qu'il fit en Italie par ordre
de Philippe IV, et y étudia les grands maîtres. A son
retour, il composa secrètement un tableau, qu'il plaça
dans l'atelier de Velazquez, la toile tournée contre
le mur. Le Roi, étant chez Velazquez, demanda à
voir ce tableau. Pareja se jeta à ses genoux en
avouant l'amour qu'il avait pour la peinture et le
secret qu'il avait gardé sur son travail. Alors Phi-

lippe IV déclara à Velazquez qu'un homme de ce talent ne pouvait rester esclave. Velazquez, ayant rendu la liberté à Pareja, l'admit au nombre de ses disciples, mais Pareja continua à le servir librement par reconnaissance.

204. Ensevelissement du corps de Notre Seigneur Jésus-Christ par Joseph d'Arimathie et la sainte femme. .

Haut. 0 m. 33 c. — Larg. 0 m. 70 c.

205. Les saintes femmes au tombeau du Christ.

Haut. 0 m. 33 c. — Larg. 0 m. 70 c.

PEREDA (ANTONIO), *né à Valladolid en 1599, mort dans cette ville en 1669; élève de Pedro de las Cuevas.* (Ecole de Castille.)

206. Saint Jean évangéliste.

Haut. 0 m. 76 c. — Larg. 0 m. 60 c.

207. Saint Ildefonse recevant la chasuble de la Sainte-Vierge.

Haut. 2 m. 70 c. — Larg. 2 m. 20 c.

PEREYRA (Vasco), *né en Portugal, venu à Séville à la fin du xvi* siècle, mort dans cette ville en 1618. (Ecole de Séville.)

208. L'*Ecce Homo*.

Haut. 0 m. 57 c. — Larg. 0 m. 46 c.

PEREZ (Andres), *peintre de fleurs, né à Séville en 1660, mort dans cette ville en 1727.* (École de Séville.)

Il fut élève de son père Francisco de Pineda.

209. Fruits.

Haut. 0 m. 70 c. — Larg. 0 m. 54 c.

POLANCO. *On sait seulement qu'il est né à Séville, où il florissait en 1648.* (Ecole de Séville.)

Il était élève de Zurbaran dont il fut l'imitateur. Il avait un frère qui étudia comme lui dans l'école de Zurbaran.

210. Saint François en lecture. (Mi-corps.)

Haut. 0 m. 89 c. — Larg. 0 m. 73 c.

PRADO (Blas del). *Né à Tolède, il mourut au commencement du XVIIe siècle, et il fut disciple de Comontes.*

On croit que ce peintre fit un voyage à Maroc. Prado peignit, en 1591, plusieurs tableaux dans la salle capitulaire d'hiver de Tolède. Ayant été nommé second peintre de la cathédrale l'année précédente, il toucha son salaire jusqu'à l'an 1593.

211. Saint François adorant la Sainte-Vierge et l'Enfant-Jésus.

Haut. 2 m. 72 c. — Larg. 2 m. 14 c.

RIBALTA (Francisco), *né à Castellon de la Plana en 1551, mort à Valence en 1628. (Ecole de Valence.)*

Il étudia la peinture à Valence, se rendit ensuite en Italie, où il se perfectionna d'après les ouvrages de Raphaël, des Carrache et de Sébastien del Piombo. Ribalta fit un grand nombre d'ouvrages pour les églises de Valence, de Madrid, de Tolède, de Ségorbe, de Saint-Ildefonse, etc.

212. La Madeleine.

Haut. 1 m. 30 c. — Larg. 0 m. 97 c.

213. Même sujet.

Haut. 1 m. 18 c. — Larg. 0 m. 97 c.

214. Le portement de croix.

Haut. 1 m. 08 c. — Larg. 1 m. 65 c.

RIBALTA (Ecole de FRANCISCO).

215. Le martyre de saint Barthélemy.

Haut. 0 m. 96 c. — Larg. 1 m. 18 c.

RIBALTA (JUAN DE), *né à Valence en* 1599, *mort en* 1628; *fils et élève de Francisco de Ribalta.* (Ecole de Valence.)

Il fit à dix-huit ans un magnifique *Calvaire*, et donnait les plus grandes espérances lorsque la mort vint l'enlever aux arts.

216. Le Christ mort sur la croix.

Haut. 0 m. 68 c. — Larg. 0 m. 51 c.

217. Une messe.

Haut. 1 m. 56 c. — Larg. 1 m. 10 c.

RIBERA (José), *dit* L'ESPAGNOLET, *né à Saint-Philippe de Xativa, près Valence, le 12 janvier 1588, mort à Naples en 1659.* (Ecole de Valence.)

Élève de Francisco Ribalta, il quitta l'atelier de son maître pour se rendre en Italie où il étudia d'abord les ouvrages de Raphael et des Carrache. Il fut admis pendant quelque temps dans l'École de Michel Ange et du Caravage. Après avoir été à Parme, où il copia les ouvrages du Corrège, il se fixa à Naples, et il y fut nommé peintre du Vice-Roi. On distingue parmi ses élèves Luca Giordano. Ribera fut reçu, en 1630, à l'académie de Saint-Luc à Rome, et nommé, en 1444, chevalier de l'ordre du Christ par le Pape.

218. David. (Mi-corps.)

Haut. 0 m. 95 c. — Larg. 0 m. 65 c.

219. Adoration des bergers. (Effet de nuit.)

Ce tableau était connu en Espagne sous le nom de la *nuit de Ribera*.

Haut. 2 m. 30 c. — Larg. 1 m. 84 c.

220. Adoration des bergers.

La répétition de ce tableau est dans la cathédrale de Valence.

Haut. 1 m. 26 c. — Larg. 1 m. 75 c.

221. Adoration des bergers. (Tableau signé.)

Le jour est à peine arrivé, déjà les bergers des environs de Bethléem sont prosternés aux pieds de la Vierge et de l'Enfant-Dieu dont l'ange leur a annoncé la naissance.

Sur une roue de charrue placée au premier plan se trouve la signature de Ribera : *Josep à Ribera Hispanus, et academicus romanus faciebat Parthenope* 1628.

Haut. 2 m. 82 c. — Larg. 1 m. 86 c.

222. Sainte Marie l'Égyptienne.

Sainte Marie d'Égypte, après avoir vécu dix-sept ans dans la dissolution à Alexandrie, fait pénitence de ses péchés dans un désert d'Égypte. Elle y fut rencontrée par Zozime qui la vit avec des cheveux blancs et courts, son corps brûlé par le soleil, et ses vêtemens en lambeaux.

Haut. 1 m. 77 c. — Larg. 1 m. 23 c.

223. Saint Jean enfant.

Haut. 1 m. 24 c. — Larg. 1 m. 18 c.

224. Assomption de la Madeleine.

Madeleine s'élève vers les cieux, soutenue par des anges. L'un d'eux porte un vase de parfums. Dans le fond on voit les côtes de la Provence et la Sainte-Baume. Ribera paraît avoir adopté dans la composition de ce tableau la tradition des Provençaux, qui tend à confondre Marie de Béthanie avec Marie Madeleine.

Haut. 2 m. 55 c. — Larg. 1 m. 75 c.

225. Saint André le pêcheur. (Mi-corps.)

Haut. 1 m. 21 c. — Larg. 1 m. 12 c.

226. Saint Paul évangéliste.

Haut. 1 m. 18 c. — Larg. 1 m. 00 c.

227. Saint Pierre en pleurs. (Mi-corps.)

Haut. 1 m. 16 c. — Larg. 0 m. 92 c.

228. Extase de saint Pierre.

Haut. 1 m. 64 c. — Larg. 1 m. 05 c.

229. Saint Pierre en méditation. (Mi-corps.)

Haut. 1 m. 05 c. — Larg. 0 m. 75 c.

230. Même sujet.

Haut. 0 m. 89 c. — Larg. 0 m. 70 c.

231. Même sujet.

Haut. 1 m. 18 c. — Larg. 1 m. 09 c.

232. Saint Paul ermite.

Haut. 1 m. 06 c. — *Larg.* 1 m. 00 c.

233. Saint Jérôme dans le désert, écrivant la vie de saint Paul ermite. (Mi-corps.)

Haut. 1 m. 18 c. — *Larg.* 1 m. 09 c.

234. Méditation de saint Jérôme. (Mi-corps.)

Haut. 0 m. 76 c. — *Larg.* 0 m. 63 c.

235. Saint Onuphre. (Mi-corps.)

Saint Onuphre, retiré dans le désert de la Thébaïde, médite sur la mort.

Haut. 1 m. 22 c. — *Larg.* 1 m. 02 c.

236. Martyre de saint Barthélemy.

Saint Barthélemy, apôtre, étant allé prêcher l'Évangile en Arménie, fut condamné à mort par le gouverneur romain de la province. Ses bourreaux, avant de le crucifier, et après lui avoir attaché les pieds, l'écorchent vif.

Haut. 1 m. 97 c. — *Larg.* 1 m. 51 c.

237. Tête de saint Barthélemy.

Haut. 0 m. 68 c. — *Larg.* 1 m. 54 c.

238. Un martyr avec une épée dans la poitrine.

Haut. 0 m. 89 c. — Larg. 0 m. 73 c.

239. La Madeleine.

Haut. 2 m. 00 c. — Larg. 1 m. 60 c.

240. Combat d'Hercule et d'un Centaure.

Haut. 2 m. 45 c. — Larg. 2 m. 86 c.

241. Caton se déchirant les entrailles. (Mi-corps.)

Haut. 0 m. 98 c. — Larg. 0 m. 92 c.

242. Le philosophe.

Haut. 1 m. 54 c. — Larg. 1 m. 16 c.

RIBERA (Imitation de JOSE).

243. Saint Louis de Borgia.

Haut. 0 m. 57 c. — Larg. 0 m. 46 c.

RINCON (ANTONIO DEL), *né à Guadalaxara en* 1446, *mort en* 1500. (Ecole de Castille.)

On croit qu'il étudia la peinture en Italie, et qu'il fut disciple d'Andrea del Castagna, ou de Dominico

Ghirlandajo. Il était peintre du roi d'Aragon, Ferdinand V, et de la reine de Castille, Isabelle la Catholique.

244. La Sainte-Vierge et l'Enfant-Jésus.

Haut. 0 m. 38 c. — *Larg.* 0 m. 30 c.

RIZI (Don Francisco), *né à Madrid en* 1608, *mort dans cette ville en* 1685. (Ecole de Castille.)

Élève de Vincent Carducho, il se fit remarquer par la rapidité avec laquelle il composait et exécutait ses ouvrages. Peintre de la chambre du Roi, en 1656, sous le règne de Philippe IV, il fut en même temps chambellan sous celui de Charles II. Don Francisco Rizi fut nommé, en 1653, peintre du chapitre de la cathédrale de Tolède, après la mort d'Antonio Rubio.

245. Tête de saint Pierre.

Haut. 0 m. 68 c. — *Larg.* 0 m. 57 c.

246. L'enfant prodigue.

Haut. 1 m. 67 c. — *Larg.* 1 m. 21 c.

ROELAS (Juan de las), *licencié, connu sous le nom du* clerc Roelas, *né à Séville de* 1558 *à*

1560 ; *nommé chanoine à Olivares en Andalousie en 1624, mort dans cette ville en 1625.*
(École de Séville.)

On ne connaît pas le maître sous lequel il travailla ;
on croit qu'il étudia en Italie. Il peignit d'abord plusieurs tableaux à Séville et à Madrid, et se retira ensuite à Olivarez, en Andalousie, où il fut nommé
chanoine en 1624. Depuis cette époque, il ne travailla
plus que pour son église. Il fut le maître de Francisco Zurbaran.

247. La Conception.

Haut. 2 m. 21 c. — Larg. 1 m. 72 c.

248. L'Enfant-Jésus et saint Jean-Baptiste.

Sainte Élizabeth vient visiter la Vierge Marie. Elle
porte saint Jean-Baptiste, qui, à la vue de l'Enfant-
Jesus, lui tend les bras pour l'embrasser.

Haut. 2 m. 70 c. — Larg. 1 m. 80 c.

249. Le portrait de Roelas.

Haut. 0 m. 49 c. — Larg. 0 m. 35 c.

RUIS GONZALEZ (PEDRO), *né à Madrid en
1633, mort dans cette ville en 1709.* (École de
Castille.)

Il fut d'abord élève de Jean Antoine Escalante, et

commença seulement à trente ans à étudier la peinture. Après la mort d'Escalante, il entra dans l'atelier de Jean Carreno. Il a laissé des tableaux dans plusieurs églises de Madrid.

250. La Flagellation.

Haut. 1 m. 18 c. — Larg. 0 m. 82 c.

251. Le Portement de Croix.

Haut. 1 m. 18 c. — Larg. 0 m. 82 c.

SARABIA (José de), *né à Séville en 1608, mort à Cordoue en 1669.* (École de Séville.)

Il étudia d'abord à Cordoue, sous Augustin Castillo, et ensuite à Séville, dans l'école de Francisco Zurbaran.

252. Un franciscain en prière.

Haut. 1 m. 76 c. — Larg. 1 m. 21 c.

THÉOTOCOPULI (Dominico), *dit* LE GRECO, *peintre, sculpteur et architecte, mort à Tolède en 1625.* (École de Castille.)

Le Greco, qu'on croit élève du Titien, était également architecte et se fixa à Tolède en 1577. Il fut enterré à la paroisse de San Bartolomé. On compte au nombre de ses élèves Luis Tristan et Pedro Orrente.

253. Adoration des bergers.

Haut. 3 m. 46 c. — Larg. 1 m. 37 c.

254. Le Christ, avec le portrait des deux donataires.

Haut. 2 m. 56 c. — Larg. 1 m. 79 c.

255. Mort de saint François.

Haut. 1 m. 21 c. — Larg. 1 m. 00 c.

256. Le jugement dernier.

On distingue dans ce tableau Charles-Quint, François Ier, le Pape, le doge de Venise, et plusieurs personnages célèbres de cette époque.

Haut. 0 m. 54 c. — Larg. 0 m. 35 c.

257. Pompeo Leoni sculptant le portrait de Philippe II.

Haut. 0 m. 92 c. — Larg. 0 m. 84 c.

258. Portrait d'un gentilhomme du temps de
     Philippe III.

Haut. 0 m. 73 c. — *Larg.* 0 m. 46 c.

259. Portrait de la fille du Greco.

Haut. 0 m. 62 c. — *Larg.* 0 m. 46 c.

260. Le portrait du Greco.

Haut. 0 m. 75 c. — *Larg.* 0 m. 49 c.

TOBAR (Don ALONSO MIGUEL DE), *né à la villa
de la Higuera en* 1678, *mort à Madrid en* 1758.
(École de Séville.)

Il étudia d'abord dans l'école de Juan Antonio
Faxardo, s'appliqua à copier les ouvrages de Murillo,
qu'il parvint à imiter si parfaitement, qu'on prit souvent ses œuvres pour celles de ce grand maître. Tobar
fut nommé peintre de la chambre du Roi, en 1729,
sous le règne de Philippe V.

261. Saint Jean-Baptiste.

Haut. 1 m. 70 c. — *Larg.* 1 m. 24 c.

TRISTAN (LUIS DE), *né près de Tolède en* 1586,

mort dans cette ville en 1640. (École de Castille.)

Il fut élève de Dominico Theotocopuli, dit *le
Greco*. Velazquez fréquenta son école à Tolède.

262. Adoration des bergers.

Haut. 2 *m.* 27 *c.* — *Larg.* 1 *m.* 10 *c.*

263. Adoration des mages.

Les rois d'Orient venus à Bethléem pour adorer
le roi des Juifs, dont la naissance leur avait été pré-
dite, virent l'étoile qui leur servait de guide s'arrê-
ter au lieu où venait de naître le Christ; ils entrèrent
dans l'étable, et adorèrent le Sauveur.

Haut. 2 *m.* 27 *c.* — *Larg.* 1 *m.* 10 *c.*

264. Adoration des mages.

On distingue au bas du tableau, à gauche, le portrait de l'auteur tenant une harpe.

Haut. 1 *m.* 66 *c.* — *Larg.* 1 *m.* 02 *c.*

265. Descente du Saint-Esprit.

Haut. 1 *m.* 66 *c.* — *Larg.* 1 *m.* 02 *c.*

266. Le Christ en croix.

Haut. 1 m. 66 c. — Larg. 1 m. 02 c.

267. La résurrection.

Haut. 1 m. 66 c. — Larg. 1 m. 02 c.

VALDES LEAL (Don Juan de), *né à Cordoue en* 1630, *mort en* 1691. (École de Cordoue.)

Élève d'Antonio del Castillo, il habita Séville, où il fut nommé majordome de l'académie de Peinture qui se forma dans cette ville en 1660, et dont il devint ensuite président dans l'année 1663.

268. Saint Jérôme en habit de cardinal.

Haut. 2 m. 43 c. — Larg. 1 m. 24 c.

269. Un dominicain en contemplation.

Haut. 2 m. 43 c. — Larg. 1 m. 24 c.

270. Discussion de saint Jérôme avec les rabbins.

Haut. 2 m. 28 c. — Larg. 1 m. 46 c.

271. Discussion de saint Jérôme avec les doc-
teurs.

Haut. 2 m. 28 c. — Larg. 2 m. 46 c.

272. Tête de saint Jean Baptiste.

Haut. 0 m. 49 c. — Larg. 0 m. 76 c.

273. Dominicain allant officier.

Haut. 2 m. 43 c. — Larg. 1 m. 24 c.

274. Dominicain, martyr.

Haut. 2 m. 43 c. — Larg. 1 m. 24 c.

275. Tête de martyr.

Haut. 0 m. 35 c. — Larg. 0 m. 46 c.

276. Tête de martyr.

Haut. 0 m. 54 c. — Larg. 0 m. 65 c.

277. Tête de martyr.

Haut. 0 m. 49 c. — Larg. 0 m. 78 c.

VALDES (Don Lucas de), *né à Séville en 1661, mort à Cadix en 1724; on ne connaît pas le nom de son maître.* (École de Séville.)

Après avoir fait ses études au collége des Jésuites, il se livra entièrement à la peinture, et fit un grand nombre d'ouvrages à fresque. Ses compositions se font remarquer par une grande exactitude de perspective. Il s'occupa aussi de gravure.

278. La Sainte-Vierge et l'Enfant-Jésus.

Haut. 1 m. 22 c. — Larg. 0 m. 78 c.

279. Un Christ.

Haut. 1 m. 22 c. — Larg. 0 m. 78 c.

VARGAS (Andres de), *né à Cuenca en 1613, mort dans cette ville en 1674; élève de Francisco Camilo.* (École de Castille.)

280. La Sainte-Vierge, conception.

Haut. 1 m. 30 c. — Larg. 1 m. 03 c.

VARGAS (Luis de) , *né à Séville en 1502, mort*

dans cette ville en 1568 ; on ne désigne pas le nom de son maître. (École de Séville.)

Il avait visité l'Italie , et le premier tableau qu'il fit à Séville est daté de 1555. Il peignit, de 1563 à 1568, les fresques qui sont sur la face extérieure de la Giralda, du côté du nord. Les ouvrages de cet artiste jouissent d'une grande célébrité dans toute l'Espagne.

281. La Sainte-Vierge , saint Michel terrassant le diable, et plusieurs personnes en adoration.

Haut. 1 m. 68 c. — Larg. 0 m. 97 c.

VELAZQUEZ DE SILVA (Don Diego), *né à Séville en 1599 , mort à Madrid en 1660.* (École de Séville.)

Il était d'origine portugaise. Après avoir terminé ses études littéraires et philosophiques, il se livra entièrement à la peinture. Il fut élève de Francisco Herrera et de Francisco Pacheco; il imita aussi quelques ouvrages de Luis Tristan. Il se rendit à Madrid, en 1622, où il se perfectionna en copiant les ouvrages des grands maîtres placés dans les collections royales de Madrid, du Pardo , et de l'Escurial. Il fut nommé peintre du

Roi, sous le règne de Philippe IV, et ensuite huissier de sa chambre et fourrier du palais. Vélazquez fit un voyage en Italie, dans l'année 1629, et se livra alors à de nouvelles études. Il entreprit un second voyage en 1648, et fut chargé, par le roi d'Espagne, d'acquérir plusieurs tableaux des plus grands maîtres. C'est dans ce voyage qu'il fut reçu membre de l'Académie de Peinture à Rome. En 1650, le Roi lui accorda des lettres de noblesse. Ce fut lui qui, en vertu de la charge qu'il remplissait auprès du Roi, ordonna le cérémonial des fêtes données à l'occasion de l'entrevue du roi d'Espagne et de Louis XIV, dans l'île des Faisans.

282. Adoration des bergers.

Des bergers, avertis par un ange, se rendent dans l'étable où est né le Christ. Là, ils trouvent Marie et Joseph, avec Jésus couché dans une crèche. Ils racontent devant Marie tout ce que l'ange leur a dit de cet enfant, et déposent leur offrande aux pieds du Sauveur. Le fond du tableau est éclairé par l'aube du jour.

Haut. 2 m. 26 c. — Larg. 1 m. 65 c.

283. Jésus et les Disciples d'Emmaüs.

Trois jours après son crucifiement, Jésus apparut

à deux de ses disciples, qui s'affligèrent avec lui de sa mort, sans le reconnaître. Mais Jésus étant entré avec eux dans une maison pour souper, bénit le pain, le rompit, leur en donna à chacun la moitié, et alors leurs yeux s'ouvrirent et ils le reconnurent.

Haut. 1 m. 20 c. — Larg. 1 m. 58 c.

284. Repentir de saint Pierre.

Haut. 0 m. 95 c. — Larg. 0 m. 84 c.

285. Saint Pierre, premier apôtre.

Haut. 0 m. 95 c. — Larg. 0 m. 84 c.

286. Esquisse d'un tableau de saint Paul ermite, et de saint Antoine abbé, qui est placé dans la collection du Musée de Madrid.

Saint Antoine abbé visite saint Paul ermite.

Haut. 0 m. 68 c. — Larg. 0 m. 54 c.

287. Saint Jean.

Haut. 0 m. 97 c. — Larg. 0 m. 68 c.

288. Saint Isidore, laboureur.

Haut. 0 m. 87 c. — Larg. 0 m. 73 c.

289. Paysage. Soleil couchant. Vue du monastère de l'Escurial, dans le fond.

Haut. 2 m. 45 c. — Larg. 2 m. 15 c.

290. L'*Alameda vieja*, promenade de Séville.

Cette ancienne promenade est ornée de deux colonnes antiques. Ces colonnes sont surmontées, l'une
de la statue d'Auguste, l'autre de celle d'Hercule;
toutes les deux ont été découvertes à Séville.

Haut. 1 m. 05 c. — Larg. 1 m. 60 c.

291. Portrait du comte duc d'Olivares.

Haut. 2 m. 08 c. — Larg. 1 m. 10 c.

292. Portrait de Philippe IV.

Haut. 2 m. 07 c. — Larg. 1 m. 21 c.

293. Tête de Philippe IV. (Étude.)

Haut. 0 m. 38 c. — Larg. 0 m. 30 c.

294. Tête d'un inquisiteur. (Étude.)

Haut. 0 m. 54 c. — Larg. 0 m. 43 c.

295. Portrait d'Isabelle de Bourbon, femme de Philippe IV, roi d'Espagne.

Haut. 1 m. 99 c. — Larg. 1 m. 13 c.

296. Portrait d'Isabelle de Bourbon, femme de Philippe IV. (Mi-corps.)

Haut. 0 m. 65 c. — Larg. 0 m. 49 c.

297. Portrait de Marie d'Autriche, seconde femme de Philippe IV, et mère de Charles II.

Haut. 0 m. 68 c. — Larg. 0 m. 54 c.

298. Portrait de dona Juana Eminente, dame de la cour de Philippe IV.

Haut. 0 m. 79 c. — Larg. 0 m. 60 c.

299. Portraits des deux nains de Philippe IV.

Haut. 1 m. 38 c. — Larg. 2 m. 18 c.

300. Le portrait de Vélazquez.

Haut. 0 m. 43 c. — Larg. 0 m. 35 c.

VELAZQUEZ DE SILVA (École de Don Diégo).

301. Portrait d'un capitaine du dix-septième siècle.

Haut. 1 m. 32 c. — Larg. 1 m. 08 c.

302. Copie du portrait de Vélazquez, par lui-même.

Haut. 0 m. 67 c. — Larg. 0 m. 51 c.

303. Portrait du comte de Tilly.

Haut. 0 m. 41 c. — Larg. 0 m. 33 c.

304. Portrait d'un gentilhomme vêtu de noir.

Haut. 1 m. 27 c. — Larg. 0 m. 94 c.

305. Portrait d'un autre gentilhomme vêtu de noir.

Haut. 0 m. 67 c. — Larg. 0 m. 54 c.

306. Dame vêtue de rouge.

Haut. 1 m. 02 c. — Larg. 1 m. 00 c.

307. Dame de la cour de Philippe II.

Haut. 1 m. 27 c. — Larg. 1 m. 05 c.

308. Dame de la cour de Philippe IV.

Haut. 0 m. 71 c. — Larg. 0 m. 59 c.

309. Portrait d'un gentilhomme.

Haut. 1 m. 05 c. — Larg. 0 m. 81 c.

310. Portrait d'un cardinal.

Haut. 0 m. 50 c. — Larg. 0 m. 43 c.

311. *Ex voto*, avec le portrait des donataires.

Haut. 2 m. 00 c. — Larg. 0 m. 82 c.

312. Le palais de l'Escurial.

Le monastère royal de San-Lorenzo de l'Escurial a été fondé par le roi Philippe II, sous l'invocation de saint Laurent. Ce monument est situé sur un plateau qui est au centre de l'Espagne. Il est construit en pierre blanche de Berroquena, espèce de granit. Le plan de cet édifice, qui rappelle la forme du gril, instrument du martyre de saint Laurent, a été établi par Juan-Bautista de Tolède, architecte; mais il fut achevé par Juan Herrera, parce que Juan-Bautista mourut au commencement de l'exécution de son œuvre.

Haut. 1 m. 87 c. — Larg. 2 m. 40 c.

VERGARA (Don José de), *né à Valence en*

1726, *mort dans cette ville en* 1799. (Ecole de Valence.)

Élève d'Évariste Munoz, il étudia les ouvrages de Ribera, fut le fondateur et le directeur de l'académie de Sainte- Barbe, à Valence. Il a peint un grand nombre d'ouvrages à fresque et à la détrempe.

313. Saint Sébastien.

Haut. 2 *m.* 06 *c.* — *Larg.* 1 *m.* 00 *c.*

VICENTE (JUAN). *On ne connaît ni l'époque de sa naissance ni celle de sa mort, on sait qu'il vivait dans le* XVIIIe *siècle.* (École de Castille.)

314. La Conception. (Ce tableau est signé.)

Haut. 1 *m.* 19 *c.* — *Larg.* 0 *m.* 65 *c.*

VILLADOMAT (Don ANTONIO), *né à Barcelonne en* 1678, *mort dans cette ville en* 1755.

Élève de Pascal Baylan, il a fait plusieurs ouvrages à fresque, et quelques tableaux de bataille.

315. Une tête de vieillard.

Haut. 0 *m.* 80 *c.* — *Larg.* 0 *m.* 67 *c.*

VILLEGAS MARMOLEJO (Pedro de), *né à Séville en 1520, mort dans cette ville en 1677.* (École de Séville).

On croit que ce peintre étudia son art en Italie. Ses ouvrages ont souvent été attribués à Pietro de Campana. Le savant écrivain Avicès Montano cite avec éloge les œuvres de Villegas Marmolejo.

316. La Nativité.

Haut. 1 m. 43 c. — Larg. 0 m. 75 c.

317. Saint François avec les stigmates.

Haut. 1 m. 19 c. — Larg. 0 m. 51 c.

318. Saint Sébastien.

Haut. 1 m. 19 c. — Larg. 0 m. 51 c.

XIMENES DONOSO (Don José), *né à Consuegra (Manche) en 1628, mort à Madrid le 14 septembre 1630.* (École de Castille.)

Après la mort de son père, Antonio Ximénès, qui lui avait enseigné les premiers élémens de la peinture, il se rendit à Rome, où il étudia l'architecture et la perspective. Il a laissé un traité sur les principes de cet art. À son retour en Espagne, il fréquenta l'école de Juan Carreno de Miranda, et il se rendit ensuite à Valence, où il a peint plusieurs tableaux.

319. Saint Joseph et l'Enfant-Jésus.

Haut. 1 m. 24 c. — Larg. 0 m. 92 c.

YANEZ (Hernand, Hernando ou Fernando), *vivait en 1531 à Cuenca, mort à Almedina, dans la Manche, sa patrie, en 1560. (École de Valence.)*

Élève présumé de Raphaël, il peignit plusieurs ouvrages en Espagne et jouissait d'une grande réputation vers 1531.

320. Saint Sébastien.

Haut. 1 m. 69 c. — Larg. 0 m. 68 c.

ZURBARAN (Francisco), *né à la Fuente de Cantos, en Estramadure, le 7 novembre 1598, mort à Madrid en 1662.*

Il étudia la peinture dans l'atelier du licencié Juan de las Roelas. Il fit, en Espagne, des études d'après Michel-Ange Caravage. Il était peintre du Roi sous le

règne de Philippe III, mais on ne dit pas à quelle
époque il fut nommé. Son école, à Séville, fut très
fréquentée. Il compte au nombre de ses élèves Barnabé d'Ayala, les frères Polancos, etc.

321. Job.

Haut. 1 m. 19 c. — *Larg.* 0 m. 92 c.

322. Judith.

Judith, fille de Merari et épouse de Manassé, déli-
vra par son courage la Judée d'une invasion des Assy-
riens, commandés par Holopherne : elle se présenta à
ce général sous le prétexte de lui indiquer les moyens
de s'emparer de Béthulie, qu'il assiégeait, le captiva
par ses charmes, et feignant, à la suite d'un banquet
où elle assista, de répondre à sa passion, elle profita
de son sommeil pour lui couper la tête.

Haut. 2 m. 54 c. — *Larg.* 1 m. 86 c.

323. L'archange Gabriel.

Haut. 1 m. 72 c. — *Larg.* 1 m. 12 c.

324. L'Annonciation.

« Or, l'ange Gabriel fut envoyé de Dieu dans
« une ville de Galilée, appelée Nazareth, vers une
« vierge fiancée à un homme nommé Joseph qui était
« de la maison de David, et le nom de la vierge était

« Marie; et l'ange étant entré dans le lieu où elle était,
« lui dit : Je te salue, ô toi qui es reçue en grâce; le
« Seigneur est avec toi; tu es bénie entre les femmes. »
    L'ange, à genoux sur un nuage, tient à la main un
lis, symbole de la pureté de son divin message.

Haut. 1 *m.* 45 *c.* — *Larg.* 1 *m.* 12 *c.*

325. Même sujet.

Haut. 2 *m.* 61 *c.* — *Larg.* 1 *m.* 75 *c.*

326. La Conception. (Tableau signé.)

Haut. 2 *m.* 02 *c.* — *Larg.* 1 *m.* 56 *c.*

327. Adoration des bergers.

    « Or, il y avait en ces quartiers-là des bergers
« couchant aux champs, et gardant leurs troupeaux
« durant les veilles de la nuit. Et voici, l'ange du
« Seigneur survint vers eux, et la clarté du Sei-
« gneur resplendit autour d'eux, et ils furent saisis
« d'une fort grande peur. Mais l'ange leur dit : N'ayez
« point de peur; car voici, je vous annonce un grand
« sujet de joie qui sera tel pour tout le peuple. C'est
« qu'aujourd'hui, dans la cité de David, vous est né
« le sauveur qui est le Christ, le Seigneur. Et c'est
« ici la marque à laquelle vous le reconnaîtrez, c'est
« que vous trouverez le petit enfant emmailloté et
« couché dans une crèche. Et aussitôt avec l'ange il
« y eut une multitude de l'armée céleste, louant Dieu
« et disant : « Gloire soit à Dieu dans les lieux très

« hauts, que la paix soit sur la terre et la bonne vo-
« lonté dans les hommes. Et il arriva qu'après que les
« anges s'en furent allés d'avec eux au ciel, les ber-
« gers dirent entre eux : Allons donc jusqu'à Beth-
.« léem, et voyons cette chose qui est arrivée, et que
« le Seigneur nous a découverte. » Ils allèrent donc
« en grande hâte, et ils trouvèrent Marie et Joseph et
« le petit enfant couché dans une crêche. Et quand ils
« l'eurent vu, ils divulguèrent ce qui leur avait été dit
« touchant ce petit enfant. »

Les bergers ont déposé aux pieds de la Vierge et
de Jésus un agneau, des poules, des œufs et des fruits;
des chœurs d'anges célèbrent la naissance du Sauveur; l'un d'eux les accompagne avec sa harpe, deux
autres jouent de la mandoline.

Ce tableau porte cette signature : *Franc. de Zurbaran, Philippi III regis pictor faciebat,* 1638.

Haut. 2 m. 61 c. — *Larg.* 1 m. 75 c.

328. Adoration des rois.

Haut. 2 m. 61 c. — *Larg.* 1 m. 75 c.

329. La circoncision.

« Les jours de la purification de Marie étant ac-
« complis, Marie et Joseph présentent au temple l'En-
« fant-Jésus, afin qu'il soit fait de lui selon la loi. »

Haut. 2 m. 61 c. - *Larg.* 1 m. 75 c.

330. La Sainte-Vierge et l'Enfant-Jésus sur ses genoux.

Haut. 1 *m.* 13 *c.* — *Larg.* 0 *m.* 97 *c.*

331. La Sainte-Vierge avec l'Enfant-Jésus entouré d'Anges et de Chérubins.

Haut. 3 *m.* 30 *c.* — *Larg.* 1 *m.* 88 *c.*

332. La Sainte-Vierge dans une Gloire.

Haut. 2 *m.* 48 *c.* — *Larg.* 1 *m.* 72 *c.*

333. Le Christ sur la Croix.

Haut. 2 *m.* 85 *c.* — *Larg.* 1 *m.* 89 *c.*

334. Même sujet.

Haut. 0 *m.* 60 *c.* — *Larg.* 0 *m.* 41 *c.*

335. Le Christ glorieux.

Haut. 0 *m.* 22 *c.* — *Larg.* 0 *m.* 19 *c.*

336. La Vierge de la Merci.

Haut. 1 *m.* 00 *c.* — *Larg.* 0 *m.* 78 *c.*

337. La Vierge de la Merci avec un Chartreux et un Cardinal en prière à ses pieds.

Haut. 1 *m.* 66 *c.* — *Larg.* 1 *m.* 29 *c.*

338. La Madeleine.

Haut. 1 m. 45 c. — Larg. 1 m. 05 c.

339. Saint Jean l'évangéliste.

Haut. 1 m. 24 c. — Larg. 1 m. 89 c.

340. Saint Pierre en prière.

Haut. 1 m. 19 c. — Larg. 1 m. 35 c.

341. Saint Jean. (Peint sur bois.)

Haut. 0 m. 76 c. — Larg. 0 m. 43 c.

342. Saint François. (Peint sur bois.)

Haut. 0 m. 76 c. — Larg. 0 m. 43 c.

343. Saint André.

Haut. 1 m. 19 c. — Larg. 0 m. 86 c.

344. Saint Jérôme en habit de cardinal.

Haut. 1 m. 96 c. — Larg. 1 m. 12 c.

345. Saint François avec les stigmates.

Haut. 2 m. 37 c. — Larg. 1 m. 72 c.

346. Même sujet.

Haut. 1 m. 56 c. — Larg. 1 m. 16 c.

347. Saint François en prière.

Haut. 1 m. 08 c. — *Larg.* 0 m. 83 c.

348. Saint François en méditation.

Haut. 2 m. 40 c. — *Larg.* 2 m. 21 c.

349. Même sujet.

Haut. 1 m. 16 c. — *Larg.* 0 m. 97 c.

350. Saint François en extase.

Haut. 0 m. 54 c. — *Larg.* 0 m. 36 c.

351. Moine en méditation, tenant une tête de mort.

Haut. 1 m. 93 c. — *Larg.* 1 m. 16 c.

352. Martyre de saint Julien.

Il eut la tête tranchée, le 6 janvier 3r3, sous Maximien II. Il est agenouillé pour recevoir la mort. Un ange, vers le haut du tableau, apparaît avec une palme d'une main et de l'autre tenant sur a tête de saint Julien la couronne des martyrs.

Haut. 2 m. 61 c. — *Larg.* 1 m. 77 c.

353. Saint Ferdinand.

Saint Ferdinand fut roi de Castille par sa mère Bé-
rengère, et roi de Léon par son père Alphonse IX.
Il fit la conquête du royaume de Cordoue et de Séville. C'est un des rois qui ont le plus contribué à
l'expulsion des Maures du territoire d'Espagne. Clé-
ment X le canonisa en 1671.

Haut. 1 m. 93 c. — Larg. 1 m. 13 c.

354. Saint Ferdinand. (Mi-corps.)

Haut. 1 m. 24 c. — Larg. 0 m. 80 c.

355. Combat entre les Maures et les Chré-
tiens.

Dans un combat contre les Maures, les Espagnols,
près de perdre la bataille, implorent l'assistance de
la Sainte-Vierge. Elle écoute leur prière et pour leur
montrer qu'elle l'exauce, elle apparaît à leur armée, avec l'Enfant-Jésus dans ses bras. Des anges
regardent le combat qui se livre sur la terre.

Haut. 3 m. 30 c. — Larg. 1 m. 88 c.

356. San Carmelo, évêque de Teruel.

Haut. 2 m. 10 c. — Larg. 1 m. 21 c.

357. Saint Dominique et saint François.

Haut. 2 m. 10 c. — Larg. 1 m. 61 c.

358. Franciscain en méditation ; il tient une tête de mort.

Haut. 0 m. 54 c. — Larg. 0 m. 36 c.

359. Un Chartreux. (Mi-corps.)

Haut. 0 m. 73 c. — Larg. 0 m. 62. c.

360. Autre Chartreux. (Mi-corps.)

Haut. 0 m. 73 c. — Larg. 0 m. 62 c.

361. Chartreux.

Haut. 1 m. 93 c. — Larg. 1 m. 02 c.

362. Moine de la Merci.

Haut. 1 m. 21 c. — Larg. 0 m. 70 c.

363. Autre moine de la Merci.

Haut. 1 m. 21 c. — Larg. 0 m. 70 c.

364.
365.
366.
367.
368.
369.
370.
371.
372.
373.
374.
375.
376.
377.
378.
379.

Premiers missionnaires aux Indes, martyrs.

Haut. 0 m. 60 c. — Larg. 0 m. 41 c.

380. Sainte Cécile.

Sainte Cécile, née à Rome, d'une famille noble, fut mariée à Valérien, patricien, qu'elle convertit au christianisme. Quelques jours après, elle mérita la couronne du martyre, en l'année 23o. Souvent elle louait le Seigneur en chantant des cantiques, et en accompagnant sa voix d'un instrument de musique. C'est pour cela qu'on la représente toujours soit avec une harpe, soit touchant des orgues.

Haut. 1 m. 93 c. — Larg. 1 m. 07 c.

381. Sainte Catherine.

Sainte Catherine confessa la foi du Christ à Alexandrie, sous Maximien II, en 375. Elle fut attachée sur une machine composée de plusieurs roues garnies de pointes très aiguës. Mais quand on voulut faire agir les roues, les cordes se brisèrent miraculeusement. On lui fit alors trancher la tête. Elle tient, dans ce tableau, l'épée qui doit être l'instrument de son supplice.

Haut. 1 m. 93 c. — Larg. 1 m. 07 c.

382. Sainte Catherine avec une épée.

Haut. 1 m. 93 c. — Larg. 1 m. 07 c.

383. Une Sainte tenant un livre et un poignard.

Haut. 1 m. 83 c. — Larg. 1 m. 07 c.

384. Autre Sainte avec un livre.

Haut. 1 m. 83 c. — Larg. 1 m. 07 c.

385. Sainte Marina, elle a sur le bras gauche des *Alfajas*.

Sainte Marine est une vierge de Bithynie, qui servait Dieu dans un monastère, au huitième siècle. Ses reliques furent transportées, en 1230, de Constantinople à Venise, et déposées dans l'église qui porte le nom de cette sainte.

Haut. 1 m. 83 c. — Larg. 1 m. 03 c.

386. Sainte Marina.

Haut. 0 m. 89 c. — Larg. 0 m. 57 c.

387. Sainte Barbara avec les mains croisées.

Sainte Barbe, vierge, fut martyrisée à Héliopolis, en 306, sous le règne de Galère. Elle a donné son nom à un monastère d'Édesse. L'Orient surtout révère cette sainte.

Haut. 1 m. 83 c. — Larg. 1 m. 00 c.

388. Sainte Barbara ; elle tient un livre ; une épée est à ses pieds.

Haut. 0 m. 89 c. — Larg. 0 m. 57 c.

389. Une Sainte richement vêtue.

Haut. 0 m. 52 c. — Larg. 0 m. 36 c.

390. Sainte tenant une flèche.

Haut. 1 m. 80 c. — Larg. 1 m. 10 c.

391. Sainte Inès.

Sainte Inès était d'une famille illustre de Rome. Elle a été martyrisée dans cette ville au commencement du vᵉ siècle.

Haut. 1 m. 83 c. — Larg. 1 m. 07 c.

392. Sainte Lucie.

Sainte Lucie est célèbre dans l'histoire de l'Église de Sicile. Elle est née à Syracuse d'une famille riche et noble.

Accusée de mépris pour les faux dieux par un jeune homme qui avait dû l'épouser, elle fut conduite dans un lieu de débauche, où ses prières firent respecter sa vertu, mais d'où elle ne devait sortir que pour subir l'épreuve des plus horribles tortures. On lui arracha les yeux, et elle fut reconduite dans sa prison, couverte de plaies. Elle y mourut, l'an 304, sous le règne de Dioclétien.

Haut. 1 m. 83 c. — Larg. 1 m. 07 c.

393. Sainte Justine.

Sainte Justine et sainte Rufine sont de Séville. Toutes les deux vivaient saintement et se nourrissaient du produit de leur travail. En 304, le juge romain les condamna à mort. Après avoir été étendues sur un chevalet, et déchirées avec des ongles de fer, elles furent étranglées par leurs bourreaux. Comme elles faisaient de là poterie, elles sont toujours représentées tenant à la main des *alcarrazas*.

Haut. 1 m. 83 c. — *Larg.* 1 m. 07 c.

394. Sainte Justine. (Peint sur bois.)

Haut. 0 m. 76 c. — *Larg.* 0 m. 44 c.

395. Sainte Rufine. (Peint sur bois.)

Haut. 0 m. 76 c. — *Larg.* 0 m. 44 c.

396. Sainte Ursule.

On croit que sainte Ursule était fille d'un prince de la Grande-Bretagne. A l'époque de l'invasion de cette île par les Saxons, elle s'enfuit à Cologne avec onze mille jeunes chrétiennes, que les peuples des bords du Rhin nomment *les onze mille vierges*. Là, elle fut mise à mort, en 453, par les Huns, ainsi que ses compagnes. Son tombeau a été découvert à Cologne. Cette légende a inspiré l'un des plus beaux ouvrages d'Hemeling, grand peintre flamand, qui l'a retracée sur une châsse que l'on conserve dans l'église de l'hôpital de la Charité de Bruges, où Hemeling est resté long-temps malade.

Haut. 1 m. 93 c. — *Larg.* 1 m. 07 c.

397. Légende de la cloche.

Haut. 1 m. 61 c. — Larg. 2 m. 07 c.

398. Même sujet.

Du pied des Pyrénées au port de Cadix, une vieille tradition raconte qu'au temps de l'invasion des Arabes, les chrétiens cachèrent les images peintes ou sculptées de la Vierge et les cloches des églises, afin de les préserver de la profanation des infidèles. Elle ajoute qu'après l'expulsion des Maures on retrouva partout, en labourant la terre, l'image et la cloche de l'église de la contrée.

Le premier des deux tableaux inspirés par cette légende, représente le moment où des paysans indiquent à un jeune seigneur le lieu où l'on croit qu'ont été cachées une image de la Sainte-Vierge et une cloche. Dans le second, les mêmes paysans montrent à ce jeune seigneur, qui est accompagné de deux moines, un relief figurant l'image de la Sainte-Vierge, et une cloche, qu'ils ont en effet retrouvées dans le lieu qu'ils avaient indiqué. Le jeune seigneur ordonne l'édification d'une église sur cet emplacement, afin de consacrer le souvenir de cette pieuse découverte. De ce côté des Pyrénées, en France, au village de Planès, on retrouve cette même tradition, et l'on montre une église qui a la même origine.

Haut. 1 m. 61 c. — Larg. 2 m. 07 c.

399. Un chien épagneul.

Haut. 0 m. 33 c. — Larg. 0 m. 46 c.

400. Un chien endormi.

Haut. 0 m. 46 c. — Larg. 0 m. 62 c.

401. Le Portrait de Zurbaran.

Haut. 0 m. 95 c. — Larg. 0 m. 81 c.

ZURBARAN (École de Francisco).

402. La Sainte-Vierge et l'Enfant-Jésus.

Haut. 0 m. 80 c. — Larg. 0 m. 94 c.

TABLEAUX

FAISANT PARTIE

DE LA GALERIE ESPAGNOLE

DE MAÎTRES ÉTRANGERS A L'ESPAGNE.

~~~~~~~~~~

ÉCOLES FLAMANDE,

ALLEMANDE ET HOLLANDAISE.

———

BOSCO (Jeronimo). *On sait seulement qu'il est né à Bois-le-Duc, en Brabant, à la fin du xv*e *siècle.* (École flamande.)

Il a été un des premiers peintres à l'huile, et des plus célèbres parmi ses contemporains. Ses sujets étaient généralement terribles ou fantastiques. Il a peint un enfer qui avait en Flandre une grande renommée; l'Escurial et les couvens de Valence possédaient quelques uns de ses ouvrages les plus remarquables.

403. Sujet allégorique.

Haut. 1 m. 90 c. — Larg. 1 m. 80 c.

CRAYER (GASPARD DE), *né à Anvers en* 1585, *mort à Gand en* 1669. (École flamande.)

Élève de Raphaël Coxcie de Bruxelles, il commença d'abord à travailler dans cette ville, où il fut chargé de peindre le portrait du cardinal infant (Ferdinand), archiduc d'Autriche, gouverneur général des Pays-Bas. Crayer était dans la plus grande faveur à la cour de Bruxelles, lorsqu'il se retira à Gand pour se livrer entièrement à la peinture. C'est dans cette dernière ville qu'il a fait la plus grande partie de ses ouvrages. Il y mourut à l'âge de quatre-vingt-quatre ans.

404. Portrait du cardinal infant Ferdinand, archiduc d'Autriche, gouverneur général des Pays-Bas.

Haut. 1 m. 02 c. — Larg. 0 m. 80 c.

DURER (ALBERT), *né à Nuremberg , en* 1471 , *mort dans cette ville en* 1528. (École allemande.)

Il fut élève de Hupse Martin et de Wolgemouth. Le nom d'Albert Durer est célèbre ; peintre, sculpteur, architecte et graveur, il donna une nouvelle direction à l'étude des arts. Sous le règne de Maximilien , il fut appelé à Vienne : nommé peintre de la cour , il fit plusieurs ouvrages pour l'Empereur. Un de ses tableaux , celui qui représente le martyre de plusieurs saints, porte la date de 1508 (*). L'empereur Charles-Quint le distinguait, et le roi de Bohême Ferdinand l'admettait dans son intimité. — Albert Durer était lié avec la plupart des hommes célèbres de son temps , Érasme, Melanchton, Raphaël, Lucas de Leyde, etc. Il fut nommé membre du conseil de Nuremberg , en reconnaissance des précieux ouvrages dont il avait enrichi sa ville natale.

405. Un lapin sur parchemin.

Haut. 0 m. 70 c. — *Larg.* 0 m. 52 c.

DURER (École d'ALBERT). École allemande.

406. Adoration des mages.

Haut. 0 m. 32 c. — *Larg.* 0 m. 44 c.

(*) Albert Durer s'y est lui-même représenté tenant un petit drapeau sur lequel son nom est écrit.

FRUTET (François). *On sait seulement qu'il est mort à Séville et qu'il est de l'École flamande.*

407. Le grand-prêtre Zacharie.

Haut. 1 m. 20 c. — *Larg.* 0 m. 51 c.

408. Saint Joseph.

Haut. 1 m. 30 c. — *Larg.* 0 m. 51 c.

FRANCK (François), *né à Anvers en* 1580, *mort dans cette ville en* 1642.

Fils de François Franck, dit *le Vieux*, et élève de son père, il voyagea en Italie, et termina ses études à Venise. De retour à Anvers, il fut reçu au nombre des peintres de cette ville en 1605. Franck, qui avait d'abord peint des scènes de carnaval, a ensuite principalement choisi les sujets de ses ouvrages dans l'Écriture Sainte et dans l'histoire romaine.

409. Un bal. (Tableau signé.)

Haut. 0 m. 52 c. — *Larg.* 0 m. 84 c.

INCONNU (École de Cologne).

410. Saint François, la Religion et la Charité.

Haut. 0 m. 80 c. — *Larg.* 0 m. 60 c.

INCONNUS (École flamande.)

411. Un calvaire.

Haut. 0 m. 48 c. — *Larg.* 0 m. 30 c.

412. Le triomphe de David.

Haut. 0 m. 40 c. — *Larg.* 0 m. 70 c.

MORO (Antonio), *né à Utrecht en* 1512 *, mort à Anvers en* 1558. (École flamande.)

Élève de Jean Schooreel (peintre flamand); le cardinal de Granvelle le fit entrer au service de l'empereur Charles-Quint, qui l'envoya en Portugal et en
Angleterre, où il fit un grand nombre de portraits.
Après la mort de l'Empereur, il fut dans la plus
grande faveur auprès du roi Philippe II. Le Moro
quitta l'Espagne pour se retirer en Flandre, où il a fait
aussi un grand nombre d'ouvrages. Il avait la réputation d'un des meilleurs portraitistes de son temps.

413. Portrait du prince Albert, frère du
prince Venceslas et de l'empereur Maximilien II.

Haut. 0 m. 96 c. — *Larg.* 0 m. 55 c.

SILO (Genre de ADAM), *né à Amsterdam, en* 1670, *mort dans cette ville en* 1750. (École hollandaise.)

Élève de Théodore Van Pée.

414. Marine.

Haut. 1 m. 12 c. — Larg. 1 m. 70 c.

SNEYDERS (FRANCIS), *né à Anvers en* 1579, *mort en* 1657, *on ne sait pas dans quelle ville.*

Élève de Henri Van Balen; il entreprit dans sa jeunesse un voyage en Italie, et, de retour en Flandre, il se fixa à Anvers, où il a fait la plus grande partie de ses ouvrages. Il peignit plusieurs tableaux pour le roi d'Espagne Philippe III, et fut nommé peintre de l'archiduc Albert, gouverneur général des Pays-Bas espagnols.

415. Nature morte.

Haut. 1 m. 10 c. — Larg. 1 m. 80 c.

VAN-EYCK (École de)

416. La Sainte-Vierge, l'Enfant-Jésus, un ange.

Ce tableau faisait partie de l'oratoire de Charles-Quint.

Haut. 0 m. 63 c. — Larg. 0 m. 44 c.

ÉCOLES D'ITALIE.

ANDRÉ DEL SARTE (ANDREA VANNUCHI *dit*), *né à Florence en* 1488, *mort dans cette ville en* 1530. (École de Florence.)

Le surnom de Sarto, sous lequel il est resté connu, lui vient de la profession de tailleur que son père exerçait à Florence. Il fut élève de Giovanni Barile, sculpteur en bois, et de Pietro di Cosimo. Il étudia les ouvrages de Léonard de Vinci et le carton de Michel Ange. Sous le règne de François Ier, André del Sarte fut appelé en France, où il ne séjourna que très peu de temps. Ses ouvrages lui ont mérité une grande réputation, et ses contemporains ont ajouté à son surnom celui de *Senza errori*.

417. Saint Jean.

Haut. 2 m. 30 c. — Larg. 1 m. 34 c.

AREGIO (PABLO DE). *On le croit disciple de Léonard de Vinci.* (École de Venise.)

On sait seulement avec certitude qu'il était en

1506 à Valence, où il a peint le grand maître-autel de la cathédrale.

418. Le Christ, saint Jean l'évangéliste, saint Pierre.

Haut. 0 m. 79 c. — Larg. 0 m. 61 c.

BASSAN (Bassano Jacopo da Ponte, *dit le*), *et aussi* L'Ancien, *né en* 1510, *mort en* 1592, *on ne dit pas dans quelle ville.* (École de Venise.)

Élève de son père Francésco da Ponte, et ensuite, prétendent plusieurs auteurs, de Bonifazio Beruli et du Titien. Il devint le chef d'une école qui fut long-temps soutenue par ses quatre fils, Francesco, Leandro, Gio-Batista et Girolamo.

419. La Sainte-Vierge et l'Enfant-Jésus.

Haut. 0 m. 88 c. — Larg. 0 m. 74 c.

420. Adoration des bergers.

Haut. 1 m. 40 c. — Larg. 1 m. 80 c.

BELLINI (Giovanni), *né à Venise en 1424, mort en 1514, on ne dit pas dans quelle ville. (École de Venise.)*

Élève de Jacopo Bellini, son père, il devint le réformateur de l'École de Venise, et fut un des premiers peintres qui peignit à l'huile en Italie. Le Giorgione, le Titien, Sébastien del Piombo furent ses élèves.

421. Un doge de Venise.

Haut. 0 m. 63 c. — Larg. 0 m. 50 c.

CAMPANA (Pietro), *né à Bruxelles, en 1503, mort dans cette ville en 1570.*

Élève de Raphaël, il travailla long temps en Italie. Il se rendit à Séville vers 1558, et peignit une Descente de Croix qu'on conserve dans la sacristie de la cathédrale. — C'est au pied de ce tableau que Murillo a demandé dans son testament à être enterré. Campana fut le maître de Moralès.

422. La Sainte-Vierge, saint Jean l'évangéliste et la Madeleine au pied de la croix.

Haut. 0 m. 45 c. — Larg. 0 m. 35 c.

423. La Madeleine.

Elle renonce au monde, et détache de son cou un collier de perles.

Haut. 0 m. 00 c. — Larg. 0 m. 00 c.

CARAVAGIO (Imitation du). École de Rome.

424. Portrait de don Alvaro de Bazan, amiral de Castille.

Haut. 2 m. 15 c. — Larg. 1 m. 11 c.

CARDUCHO (BARTOLOMEO), *né à Florence en 1560, mort au Pardo de Madrid en 1610.* (École de Florence.)

Élève d'Ammanati et de Frederico Zuccaro, il se rendit en Espagne dans l'année 1585, pour travailler aux peintures du monastère de San-Lorenzo à l'Escurial. Ses ouvrages les plus remarquables sont dans la bibliothèque du palais. Carducho a pris la plus grande part aux peintures exécutées par Fred. Zuccaro dans la grande coupole de Florence.

425. La Sainte-Vierge et l'Enfant-Jésus.

Haut. 0 m. 00 c. — Larg. 0 m. 00 c.

426. Saint François en prière.

Haut. 2 m. 18 c. — Larg. 1 m. 92 c.

CARDUCHO (Vicenzio), *né en 1578, mort en 1638.*

Il suivit en Espagne son frère Bartolomeo lorsqu'il s'y rendit en 1585, et fit ses études d'après les tableaux des grands maîtres placés dans le palais de l'Escurial. Il commença sa réputation à Valladolid, et prit une grande part aux travaux de peinture qui furent exécutés au palais du Pardo. Il avait été nommé, le 28 janvier 1606, peintre de la chambre du Roi, sous le règne de Philippe III.

427. Une Sainte-Famille.

Haut. 1 m. 44 c. – Larg. 1 m. 04 c.

428. Un Dominicain et deux Franciscains adressent des prières à Dieu pour la consécration d'un monument religieux, élevé par des moines de l'ordre. (Tableau signé : *Vicente Carducho P. R. F.* 1630 *ano.*)

Haut. 2 m. 26 c. — Larg. 1 m. 36 c.

GIORDANO (le chevalier Luca), *né à Naples, en 1632, mort dans cette ville en 1705.* (École de Naples.)

D'abord élève de Rihera à Naples, et ensuite de Pietro de Cortone à Rome, il a reçu le surnom de *Luca fa Presto*, par suite de la promptitude avec laquelle il composait et exécutait ses ouvrages. Il a peint en Espagne, où il fut appelé sous le règne du roi Charles II, en 1692, un grand nombre de tableaux. Le grand escalier du monastère de San-Lorenzo de l'Escurial est un des principaux ouvrages de cet artiste. Il était chambellan du roi d'Espagne.

429. Assomption de la Vierge.

Haut. 2 m. 95 c. — Larg. 2 m. 10 c.

430. Saint Paul.

Haut. 0 m. 84 c. — Larg. 0 m. 68 c.

431. Saint Jérôme se frappant la poitrine avec une pierre.

Haut. 1 m. 80 c. — Larg. 2 m. 56 c.

432. Saint André. (Mi-corps.)

Haut. 0 m. 76 c. — Larg. 0 m. 69 c.

433. La charité romaine.

Haut. 2 m. 05 c. — Larg. 1 m. 55 c.

MENGS (École de don Antonio Raphael). École de Rome.

434. Portrait d'une jeune infante.

Haut. 1 m. 00 c. — Larg. 0 m. 78 c.

MORETTO (Attribué à).

435. Un mathématicien.

Haut. 1 m. 00 c. — Larg. 1 m. 80 c.

RENI (Attribué à Guido). École de Rome.

436. Saint Jacques.

Haut. 1 m. 25 c. — Larg. 1 m. 00 c.

SALVIATI (Francesco de') Rossi, *dit* Cecchino de' Salviati, *né à Florence en* 1510, *mort en* 1563, *on ne dit pas dans quelle ville.* (École de Florence.)

Élève d'Andrea del Sarto et de Baccio Bandinelli ; il se rendit avec Vasari à Rome, où il fit plusieurs ouvrages Il travailla ensuite à Florence, à Venise, et aussi en France, où il vint en 1554.

437. La descente de croix.

Haut. 1 m. 01 c. — Larg. 1 m. 04 c.

SÉBASTIEN DEL PIOMBO (Fra Bastiano Luciano, *dit*), *né à Venise en* 1485 *et mort en* 1547, *on ne dit pas dans quelle ville.* (École de Venise.)

D'abord élève de Jean Bellin, et ensuite du Giorgion, il fit quelques tableaux à Venise. S'étant rendu à Rome, il suivit les conseils de Michel Ange. Son tableau de la Transfiguration, et les autres peintures qu'il fit à Rome dans l'église de San-Pietro in Montorio lui ont mérité une grande réputation. Le surnom de *Fra del Piombo* lui vient de la charge de scelleur qu'il exerçait à la chancellerie papale.

438. Un seigneur de Florence.

Haut. 1 m. 03 c. — Larg. 0 m. 85 c.

TIEPOLO (Giovanni-Baptista), *né à Venise en 1693, mort à Madrid en 1770.*

Élève de Gregorio Lazarini ; il fut appelé par le roi Charles III en Espagne, où il peignit plusieurs fresques, parmi lesquelles on cite la voûte du salon des Royaumes au palais neuf.

439. Tête d'étude.

Haut. 0 m. 60 c. — Larg. 0 m. 48 c.

440. Autre tête d'étude.

Haut. 0 m. 60 c. — Larg. 0 m. 48 c.

TITIEN (Tiziano Vecelli *dit le*), *né à Cadore en 1477, mort de la peste en 1576.* (École de Venise.)

D'abord élève de Sébastien Zuccaro, peintre mosaïquiste, il travailla ensuite dans l'école de Jean Bellin, où il fut émule du Giorgion. Le Titien a fait un grand nombre d'ouvrages à Venise, où il fonda son école. Il était dans la soixante-dixième année de son âge, lorsqu'il fut appelé à Augsbourg par l'empereur Charles-Quint. Il le suivit à Inspruck lors de la tenue du concile de Trente. Il a fait pour l'Espagne un grand nombre de tableaux qui sont célèbres.

441. Le portrait de Philippe II.

Haut. 2 m. 06 c. — Larg. 1 m. 40 c.

YOLI (Attribué à). École Italienne.

Il vint en Espagne au milieu du xvie siècle.

442. Vue de la ville de Messine.

Haut. 1 *m.* 80 *c.* — *Larg.* 1 *m.* 76 *c.*

SUPPLÉMENT.

PANTOJA DE LA CRUZ (École de Juan).

443. Portrait d'une dame de la cour de Philippe IV.

Haut. 0 m. 55 c. — Larg. 0 m. 37 c.

RIBERA (José), *dit* l'Espagnolet.

444. Saint Paul évangéliste.

Haut. 1 m. 00 c. — Larg. 0 m. 92 c.

THÉOTOCOPULI (Dominico), *dit* le Greco.

445. Un évangéliste.

Haut. 0 m. 65 c. — Larg. 0 m. 30 c.

VAN KESSEN.

446. Portrait de Marie d'Autriche, seconde femme de Philippe IV, mère de Charles II, en habit de deuil.

Haut. 0 m. 67 c. — Larg. 0 m. 52 c.

www.ingramcontent.com/pod-product-compliance
Lightning Source LLC
Chambersburg PA
CBHW060842250626
47162CB00005B/2142